恆河沙數的我和她

陳凱琳 著

恆河沙數的我和她

恆河沙數的我和她

推薦序

時間荒野裡那些花紅的記憶

國立中正大學台灣文學與創意應用研究所
江寶釵教授

凱琳天生是個說書人，一手散文寫得像小說。她不只將廚事簿記裡的甩手丸、封肉、醃高麗菜，像一顆顆小小螺絲釘，拴在對話上，在心情上，在運用人與人建構互動那種生趣盎然的景觀，也拿來對比人去樓空的無限寂寞。人的聲氣已栩栩如在耳目，那鑲在沉靜之上的弦外之音，更是梟梟籠罩了整個宇宙。〈那些不知名的花〉尤其是集中白眉。從一個小女孩跟著去買花走丟了，一方面應付她所意識到的她身邊潛在的不知名的危險，不能讓人知道她走丟了；一方面她要使自己免於祖母的責罵，細筆描繪了小女孩的心思，與旁人的互動，極其精采。從被祖母帶著去買花長大到帶著祖母去買花，祖母在一次一次買花的歲月中身體消磨，她布置花的信仰行動逐漸寖失到僅剩信仰隨心，那樣深沉而有層次的勾勒，令人動容。這，可不真是說書人的姿態？

集中的書寫有若油畫，一層又一層的油彩不斷在布上頭髹漆，重層的、參差的、厚薄的不同彩度的情感。〈等待晾乾的衣物們與她〉裡的祖母、大伯、她自己和男友，各自的衣物隱藏著彼此的信仰、情感，甚至預測了命運。這樣的書寫應該是非常老練而世故，然而在凱琳，筆端卻流露一派天真。

一本好的散文集，自有它各個篇章感人的情愫，如果能有一個好的書名，那就是畫龍點睛了。凱琳這本與她的祖母相依的種種景與境，彷彿如河中沙數之一般，不過是芸芸三千大千世界中的某一對祖孫女的隔代親緣而已；然而這被再現的親緣，透過文字的點點滴滴，雨水般潤澤我們或枯旱的心田，與我們的經驗綢繆，澱定河中為一個浮出的月亮。那不只是孫女的我和祖母的她，更是「我」，我們。

命名來自對於事物與庶務交錯的深入觀察與悟性，不只是對書的命名，當然更呈現在集中各篇篇名。人們口耳相傳的諺語、故事來到祖母這裡說給了她聽，她形容它們是「從那遠方傳來的話」，把抽象的時間化為具體的距離。祖母身體不好失去她的腳，裝了義肢，行動作為無不被裝上的義肢所限，不能不與義肢商量，她形容這是「與腳作伴」。

我們從凱琳展示的恆河倒映，見識了曾經發生的事件，曾經共享的內容，它們被承載於物質形式，草屋、三合院、埤塘，厝鳥、西瓜、魚兒，或者是非物質形式，廳堂中祟祀祖先的儀式，父祖兒孫相持傳家的風俗，日曆上標識著不斷出現的紀念節日，嘴巴叨唸的前人傳下教誨的諺語，一次次從櫃子裡清理出來而又一次次的被放回去的舊物，那是凱琳，更是我們，在日常生活中由感知、情感、知識、實踐包裹起來的總和。社會交往，以及因之而產生的群體意識是延伸其存在的方式。

我想起，法國社會學家哈布瓦赫（Maurice Halbwachs）在他的《論集體記憶》這本書裡這樣寫著，記憶不會完結，它在現實中經由個人對群體的往來不斷延續。它也不是客觀存在的現實，而是被建構的結果。於是，透過凱琳的書寫，我們看到了台灣客家人的風俗慣習，而我想進一步說的是，在那被建構之結果，實另有餘意，火燒盡，仍有煙；月亮明，是廣漠的時間荒野裡的花紅，人曾經過的生活，與愛。

推薦

凱琳對移動的光影特別敏銳。匆匆生活中，有苦有樂，苦澀最終被萃取、被留存，日頭移位時，人情定位了下來，她的散文便給人「久違了」的溫馨、感動。真誠的性情可以守住核心，沉澱快轉的日子。謝謝凱琳為我們記得一切美好，而且搬演得非常好看。

——作家　吳鈞堯

集一切矛盾的陳凱琳：客家又白浪，極北與極南，理性與感性，學術與抒情——卻又混合得很巧妙。

——作家　陳耀昌

又見妳。

妳躺在木板床上，用柔軟又長滿了繭的手摩娑著我的頭，另手拿著檳榔葉扇，跟著嘴裡哼出的節奏搧著暑氣、趕走蚊蟲。

身下的草蓆傳來涼意，我漸漸入睡。

再一次醒來，發現自己躺在柔軟的床上，是自己的床……

輯一

百日花紅

遇到一個合適的人，
花的種籽便會在心底悄然萌芽。

那些不知名的花

夏日的陽光起得特別早，晨曦甫過，露水漸散，空氣中隱約遺留著大地尚未全然甦醒的溫度。

她喚我起床，說要去市場。

假日早起本就不樂意，想到清晨市場的擁擠、吵鬧和混雜的氣味，就讓人更卻步。她拍胸脯保證不會太久，而且會去花店。聽見關鍵字，我立刻跳下床，急問她，要買甚麼花？要做甚麼？要擺在哪裡？她一副被人戳破謊言的模樣，神色閃躲，只是催著我動作快點。

從家裡到力社市場需要十多分鐘的車程。力社不是住家附近最近的市場，位於進入潮州鎮前的火車站後。早期新成屋不多，路旁兩側都是席地而坐的攤販；在路邊擺上一張蓆子，放上自家種的瓜果蔬菜，便如此吆喝了起來。當然也有比較具規模的菜攤、肉攤、水果攤。

打鐵到力社途中，幾乎都是田地，有時種植整片稻田，有時休耕改種豆類。右側是大武山系，太陽初升時會先在水田中映出山影，光線不會突然明亮，一開始是橙中帶紫，彷彿黑夜還捨不得散場那樣，籠罩著。隨後，晨曦逐漸爬升，光束調高亮度，直直地覆蓋水田，山的影子顯得更加巨大。

坐在她車後，一路而過都是青草味，和她昨天睡前手洗衣服沒沖乾淨的漿洗味。她那個年代的人不喜歡使用沐浴乳之類的清潔，能在她身上出沒的氣味便是洗衣的水晶肥皂味。我有點搞不清楚，肥皂味是來自於她身上，還是手裡。因為趕著到市場，她還未下田，沒染上汗味和雞飼料雞糞味時，格外好聞。

到了市場，她兀自驅車直入。

早晨的傳統市場通常是人車並行爭道的，她也不例外，要買的東西太多，摩托車的腳踏板很快就塞滿了雞豬等肉。尤其是普渡前夕，三牲更不能少。力社早市是附近鄉鎮的重要市集，除了潮州鎮內的人會來光顧外，還有鄰近的崁頂、南州、新埤，儼然是小市場中的中型批發。年紀尚幼時，還不懂得方位，不知道她騎了一路抵達的地方叫作潮州，而市場叫作力社。那得是很久以後，我才能明白的事。

市場人聲喧譁，往往搞不清撞上自己的是摩托車後照鏡還是人群的肩膀，而我個子小，被撞時通常也不會引起注意。她提著不久前向老闆討價而來的豬肉，趁我還被人群困在馬路中時，閃身而過，鑽進一攤攤滴著血水的肉攤，再度跟老闆吆喝著。秤斤論兩、討價還價，在來回攻防中她手裡提的塑膠袋越來越多、越來越重。

從人群胖瘦不一的腰部縫隙中，我偶爾能看見她從這攤到那攤，一閃神，又不見蹤影。我喊她，可聲音傳遞不過去，只是被更多來往的人車阻擋在外。市場不大，我雖然個子尚小，也還不至於走丟。我不再堅持每一步都跟在她身後，而是走出人群，朝著空曠的地方走。暗忖著，等等她買完應該就會發現我不見了，然後回頭來尋我；這應該會比我尋她，還要容易。

等著她時，身後的花店引起我的注意。我走近，在配好花色被綁成束，放在路邊招搖的供花旁來回走動。每到初一、十五，店家都會用這些花來招攬生意，擺在最顯眼的路邊，有時就挨著人群的腳邊或摩托車的車輪。幾個客人拿了花，插在自己摩托車前的置物籃，付了錢便走，沒有挑選，沒有猶豫。反倒是我，來回在花束前走動而引起老闆娘的注意。

她問我要買花嗎？

我點頭。想著她剛找我出門前，確實說要買花；但我更不能讓人發現，我其實是跟阿嬤走丟了。

老闆娘望著我的身後，發現沒有大人，再次確認：「小妹妹，妳要買花嗎？」第一次點頭是撒謊，要再點頭一次，我就退縮了。

幸好這時她發現了我，穿過車輛，從馬路的對面疾步而來。停在我面前後，抓著我的肩膀，劈頭就怪說我怎麼走丟了，跑到她看不見的地方。我既生氣又委屈，明明就是她走太快，讓小孩跟不上，怎麼能說是小孩子自己走丟呢？

老闆娘見狀，連忙圓場，問她要不要買拜拜的花。

她看了眼花，本以為她要繼續碎唸了，卻沒想是說：「喔，妳就是想欲買花喔？才行到遮（走到這邊）？」

我順著她的話點頭。

她往花束堆中探去，眼神在那些供花上徘徊，似乎不太滿意。我連忙指著更裡頭的花，不知名，只是清香宜人，花不大，白色，就包覆在綠色的花萼中。似沉睡中，待展翅的白蝶。她說那是薑花，長在水邊，夏日最多。

我說要買那個。

她皺皺眉，表示這花又野又俗，路邊隨處可見，花錢買不划算。我要起脾氣，連帶方才走失的委屈也一併發洩。她只好再次確認，我是否想要薑花，我堅定點頭。

那次過節拜拜，佛堂裡便擺上了薑花。

關於花的名、盛開季節、生長習性，亦是我成年後辨識了萬物才習得的知識；而對她來說，那便只是株白花。是孫女喜愛的花。

好些日子，她愛上了買白花。夏去冬來時，她買不到野薑花，便買其他形似的小白花。她說白花好看，個子小，卻能芬芳滿庭。為了襯托白花，她種了許多萬年青，初一、十五時就將買來的白花跟萬年青攏成一束，插入瓶中。當然，如果買得到薑花的季節，她就用薑花。後來家裡的水田邊也開始種起了薑花，即便沒有過節，佛堂裡也都能看見薑花。

搬離老家後某日，我發現佛堂裡的花換成了店家搭配的供花，顏色斑斕，卻少了白花。問她緣由，她說是跟水果一起買的，方便。之後幾年，佛堂幾乎再也不見白花。再發現白花身影時，是某年端午，我已能叫出那花的名，是月桃。她說包粽子需要月桃葉，看著花朵綻放十分歡喜，便跟葉子一起摘了回來。

從水邊的野薑到山間的月桃，都是她放置在佛前的芬芳，插在佛堂的瓶子裡，向神佛安放了她的祈願。

她逐漸不良於行後，自己去市場的機會變少了。平日需要的柴米油鹽，只在就近的雜貨店添購，或是等著菜車、魚車進來稻埕。就如同她所說的，因為方便，佛堂的花只用簡單的供花。初一、十五，她甚至不再買花，只用長青的萬年青插在佛龕的左右兩個水瓶中。

我想起她曾經愛花，邀她一起去買花、看花。

她當然沒有體力像年輕人一樣追逐花季，上山賞櫻、賞油桐，不過到白河賞蓮花還是可以的。她細數著池中蓮花的顏色時，我便發現，她已然不再對白花心動，而更傾心嬌艷的粉色、紫色。那次出遊，我們帶回了觀音蓮和子母蓮，都是鮮艷的顏色，種在水池中，倒影輪廓與雲相伴。

即使初一、十五不再買花，但過年的花還是要有的。我帶她去了專門賣花的花市，風格不同的花店聚集在一個空間裡，看得她眼花撩亂。在她生活了大半輩子的農庄裡，除了市場花店的供花，山間與路邊的野花，從未看過如此多的花種和花色聚集成群。

時間充裕時，我們會從頭逛到尾，觀賞著各式各樣的花；對她來說，眾多花之名是陌生的，只得由我看著標籤一一介紹。有時遇到她知曉的花，會用著我不懂、標籤上沒有的名來指稱。如她稱呼朱槿是吊燈花，就像倒吊著燈那樣，蕊心朝下發光。花名指稱為何，並不影響她賞花；更多的時候，她以白花、紅花、紫花、黃花來指稱，再配上她的表情與動作，花形就被捏塑了出來。

之後幾年，她特別鍾愛開著大紅的日本杜鵑，往往都得在好幾間花店中，挑選兩盆開得最艷、最盛的日本杜鵑。擺在石座的佛龕上，一左一右，艷麗而喜慶。她說，過年過節就要大紅大開才吉利。

最後一次帶她去買花，也是過年前。

找了個週末的空檔，邀她去買花。那時候的她，已瘦得筋骨可見，唯不見皮膚上的血色，體力已經耗盡，亦無法自行從床上爬起，更別說要穿義肢。我詢問她要不要去，其實是不抱希望的。畢竟出門一趟對她的精神來說，也是耗損的。沒想到，她竟然說好，扶著床緣便要起身；可身軀搖搖晃晃無法坐穩，鞋子的尺寸也大了她當下的腳許多。我讓男友抱她下床，她沒有多餘的力氣能坐在輪椅上，便只能直接抱往車內。

我坐在她身旁，那是我少數與她一起坐在後座看著單一個方向的風景。她說會冷，便也將床上的毛毯抱進車裡，裹住她。

去花店的路程只有二十多分鐘，她坐得很不安穩，隨著車身轉彎，身體也跟著左搖右晃難以支撐。她的身軀沒有往常有彈性的皮膚保護，是肉眼可見的皮包骨，即使車內座椅有軟墊，於她而言也是太過堅硬。我摟著她，用自己的身體撐著她左右擺動的幅度。

她的雙腳撐不起自己；而我發現我的力量亦是微小，在時間前、在她的衰退前，都是撐不起她的。

她再次選了兩盆大紅的日本杜鵑，沒有之前那麼精明的眼神，只是在眾多花叢中，隨意指了兩盆。

其實放在佛堂的日本杜鵑一直以來都開得不好。日照不足，焚燒金紙和香又使得空氣混濁，難以通風，往往過了個年，花苞有開的、沒開的就一併凋謝了。

之前她還不死心，會將謝了花的日本杜鵑移到戶外，試著讓陽光雨水重新滋養它。可即使綠葉再次青翠，也從未再開出鮮艷的紅花；更是未到端午，連綠葉也發黑乾枯了。這與她過往在田間所遇的強韌月桃不同，她總疑惑，連水溝邊都能讓麻雀「種」出酢漿草，沒道理自己細心養護的日本杜鵑無法重新開花。

我問她是否要選其他花種，她搖頭，堅定看著兩盆紅花，一如我幼年堅定帶回的白花。

選完花後，她在輪椅上昏昏欲睡，即使滿庭芬芳也沒有一絲氣味能喚醒她，花店沒能逛完，當然她也不再指著花牌詢問我花名。

立春甫過，她與剛移至戶外的兩盆日木杜鵑一樣，謝了花、落了土。

我沒有機會探究，她是如何從喜歡白花的淡雅芬芳，到執著於鮮艷亮眼的大紅花。於她而言，或許就只是白花跟紅花，至於花名為何，並不重要。隨著她的啟程，那些我無法得知的、未知的所有回憶也被一併帶走，只能拾遺所剩無幾的片段。

一如諸多不知名的花，會在綻放後，零落成泥。

盛開之紅

阿嬤常說自己是「客家人」，也熟悉客家時節的生活方式，但這些她所遵循的傳統與習俗，其實都是婚後才習得的。準確來說，她應該是閩南人，來自於同為客家左堆佳冬的石光見庄。石光見早期雖也生活著客家人，不過直至現在顯為人知的是閩南族群，她的娘家因此過的是閩南生活，說的閩南話。

但真正來自於哪裡，是甚麼人，對她來說或許並不重要，能左右她生活的是當下。

逢年過節，村裡的巷弄間便會傳出陣陣米香味，老舊的廚房維持著高溫，天還未亮，鍋碗瓢盆的敲擊聲取代了公雞啼叫。我便知道，又一個年節來了。至於是過哪個節，年幼時並不那麼清楚。

老家隔壁就是村裡的「粄仔嫂」，人家這是職業，會把做好的粄仔放在木板上，綁在鐵馬後，沿街叫賣，每日黃昏停在三山國王廟前定點販賣。我們家很少去跟人買粄仔，所以外面人家粄仔確切賣多少、怎麼賣，也不清楚。

阿嬤是業餘的「粄仔嫂」。她雖然沒有像隔壁「粄仔嫂」每日都做粄，手藝倒也如刻印般刻在她骨子裡。我以為她與生俱來便會，後來才聽說那是阿公教她的。「倨（我）在外家當好命个，係嫁過來才學个。」她總這麼抱怨。

在我還未上學前，每到做粄仔的時節她就會找我幫忙做粄仔的步驟會從前日晚上開始。吃飽飯後，她扛回請人磨好的米漿，將米漿倒入棉布中。倒入時，須要有人幫忙抓著棉布四角，我手太小，只能抓著一角，其餘的她會自己想辦法拎著。綁好棉布，找來一塊方形大石壓上。大石頭平日都是丟棄在菜圃裡，成為地瓜葉爬藤攀根的一部分，不起眼，只有在需要壓漿糰時才會被挖出。這便是前一日的工作。

隔日還未雞鳴，她便起身，也順帶將我叫醒。

剛開始時是自願的，以為做粄仔很好玩，就是把平日在龍眼樹下玩的泥土改成了白色粉漿。

她從棉布中取出已經壓乾水的糯米糰，加入糖，製作粿粹，開始揉搓。像她平日洗衣那樣，不過要用上更多的力氣。接著在純白的糯米糰中循序漸進撒上紅顏料，就像逐漸豐富精采的人生那樣。如果是做湯圓，會先留下一部分的白糯米糰，將剩下的糯米糰染上顏料。

我認為染上顏料的湯圓才會好吃，便會讓她多染一些，但她說紅白雙色要剛好，不能過量。如果是製作圓粄，就沒有這個問題了。製作圓粄的糯米糰一定要全部染上顏料，說這樣供奉給神明才會得來庇佑，也顯得喜慶。

「做節就愛紅个。」她說。

她將揉好的粉色糯米糰放置在大臉盆中，轉身準備起內餡用的紅豆。

爐火她不讓我靠近，只能百般無聊揉著盆中的米糰玩。米糰與泥巴的觸感不同，揉進沙拉油，將手指頭插入米糰中，會感覺到指縫充滿黏滑和油膩感，十分不舒服。我將手收回，左右手輪流將手上殘留的米糰搓掉，米糰在指中變得乾澀，粒粒分明，撒回盆中。

她發現我拿著揉好的米糰在玩，連忙制止，說再揉米糰就過軟了。

米糰也要軟硬適中，不能太硬太軟。

不管是顏色深淺、米糰軟硬都是她說了算，沒有尺標測量，也沒有儀器可確認。

一切都是感受。就如她感受四季時節與歲月長河般。

煮好的紅豆終於置涼，隨後捏成大小相等的紅豆丸，當成餡料。接著取一坨麵團，搓圓挖洞，將餡料放入，收口。我負責的工作，就是將更早先剪好方形的香蕉葉遞給她。

遞香蕉葉的速度，當然比她捏好一粒圓粄來得快，我很快就沒了興趣，開始覺得，做粄仔並不好玩。

圓粄都搓圓後，依序排進大圓盤中，如盛開的花。

她汗水淋漓，幾乎已經全身濕透。水氣來自於大鼎內不斷上升的溫度，還有她額髮間落下的。顧火期間她會拿著葉扇坐在廳下，吹著口哨引來徐風，直到廚房的每扇門窗都攔不住香氣後，她起身，揭開大鼎蓋。

熱氣再次圍繞著她。

「當好（很好）！」她眉眼笑成一線，稱讚著鼎內開得艷麗的花，也讚美自己。

年節不同，要做的粄仔也有差異，清明是青團，中元是芋頭粄。前一晚的作業都是一樣的，只是餡料不同，接著統一將蒸好的粿放在大米篩上，蓋上白布，等著祭祖時奉上。

家裡進駐的神其實不多。正廳畫著一幅神圖，主神觀音，圖畫的雲霧間有其他小神，但她祝禱時是沒有在分的。右側是農府宮請來的將軍令旗，說是王爺的分靈。左側是神祖牌，寫著諸多已故之名，有名的男性，和只掛著大孺人之稱的女性。正廳之外，還能擺放供品的是灶神，位於瓦斯爐上方的石座上，位置不大。

將供品全都擺放完後，米篩上還有大半邊的粄仔，那便是能直接吃的。圓粄是最常見的，幾乎每個節慶都需要，因此往往剩最多。米篩上的一片大紅，飯前飯後都來一粒才會感覺有在減少。後來每回能參加祭祀的人口漸少，大家能消化圓粄的腸胃也越來越弱，她才開始減量。

從一個大米篩，減成一個小米篩，最後只剩下兩層蒸籠。成年後，我已逐漸淡忘她做粄的背影，前一晚的糯米漿香氣如何佔滿夜幕，當然也不記得做粄的方法。最後，連拜圓粄的時節也忘了。

需要祭祖時，把在外的子孫們找回，媽負責把祭品準備好。酒過三巡，收祭品時，祭祖的三牲、圓粄已不再讓人垂涎三尺，大家只記得有許多蒼蠅蚊蟲，在煙霧繚繞的廳堂中，在三牲和圓粄上徘徊過。幾回討論後，決定將三牲換成全聯包裝好的簡易蛋糕三牲，取代了真正的肉。

冰箱裡，已冷藏、冷凍過多的圓粄，還未來得及吃完上一次時節留下的，便迎來了下一次的時節。

如紅花，盛開到謝落。

散文〈盛開之紅〉登於《皇冠雜誌》二〇二三年一月

雙雙對對，萬年富貴

阿嬤每每說起她的婚姻都會先搖頭。

她與枕邊人相差七歲，是娘家阿公作主將她嫁到外村來。在這之前，她沒見過那個要與自己度過一生的對象，只是女人的宿命在花樣年華時到來，別無選擇，只能上轎出嫁。說起迎親的過程她也是口沫橫飛，說自己在轎裡如何哭了一路，到了夫家拜堂也是愁容滿面。

記憶裡，在我讀小學階段，或是更小時，阿嬤每次看到歌仔戲或戲劇中有古早時新娘嫁娶的片段，便會跳出電視劇情，開始說起自己如何來到新埤，如何生根立命。

她的年代奉行著父母之命、媒妁之言的婚姻，很少有例外。但她說，幸好牽起她手的人是阿公。阿公是個沉默寡言的枕邊人，話不多，偶爾會有莫名的堅持，難以動搖。在利益與致富面前，他選擇窮苦卻安身立命的生活。但沒錢的日子對她這個被哥嫂寵大的「公主」來說，是咬牙度日的。她也一直不明白，當初家裡人為何執意要她來到這窮困的人家，要她嫁給身無分文的小子。

偶爾她會稱讚阿公脾氣好，但似乎除了這個好之外，也沒有其他優點了。她說，阿公手腳慢，做事溫吞，做人規矩；相反的，她手腳俐落，做事果斷，做人圓滑。與人起了衝突，阿公除了拂袖離去外，便是退讓。這讓她十分無法諒解，她是那種會與人抗爭到底，鬥個你死我活的人。

她常在一股腦熱的情況下，被阿公澆下一盆冷水。類似的抱怨，我聽她說過不下百次。有時阿公從田裡騎車回來，她聽到檔車的打檔聲，也會莫名其妙地哼一聲，說人家停車太慢。阿公很少回應，就這麼包容著她的任性。

阿嬤有張很寶貝的相片，是她與阿公早年去泰國遊玩時，乘載滑翔翼的照片。照片裡只有她，揹著大傘，翱翔在山谷中，如自由的鳥。她逢人便說，阿公不敢玩滑翔翼，只是跟著人群在下面盯著她看。阿公還在時，會用點頭來附和她，露出了然於心的笑容，是無奈，也是寵愛。後來，她再與人訴說時，於人群中凝望著她的人已經不在。

還不懂感情時，覺得他倆並不適合過上一輩子，只是礙於舊時期的想法，離婚是不可能走的路，便只能挨著對彼此的厭惡，在棄嫌中繼續往下走。

有次可能是她與阿公吵架吧，她將我帶出門，買了許多日常用品後，特別買了煎包。我順口問，要帶一份回去給阿公吃。她嗤之以鼻，只付了兩份的錢。一份她的，一份我的。為了不讓阿公知道她帶我出門買煎包吃，她特地停在回家途中的跳傘場旁，讓我吃完。

跳傘場是潮州傘訓空降場。平日裡是一片遼闊的大草原，定期進行跳傘練習時，便會拉起緊戒線阻擋人車經過，若時間湊巧，可停在路邊觀賞跳傘。跳傘的場地從光春往打鐵的方向望去，左側東邊是大武山巒，右側西邊便是太陽落下的地方。

吃完煎包，正巧是夕陽西下，她似乎已經氣消了，很滿足地帶著我驅車返家。經過建功路口的小吃攤時，她突然想起阿公過了一個沒點心吃的下午，問我要不要再吃臭豆腐。我本不想吃，搖著頭時，身體已經被她牽著坐在塑膠椅上，她回頭跟老闆吆喝上一盤臭豆腐，一盤打包。

阿公終於吃到遲來的點心。

阿公晚年身體逐漸僵硬難以自主行動時，我曾見阿嬤動手打了他數次。她打完阿公，換打自己。阿公吸食牛奶嗆到時，也被她掌嘴，摔了茶杯。可隨後，她又彎腰去將茶杯的碎片一一撿拾，擦乾淨那片因為自己而造成的混亂。

在不斷製造爭吵，又不斷修補中，他倆相扶度日。

阿公離世前晚，接到阿嬤哭得語無倫次的電話。不知道事情狀況如何，我和媽媽趕回老家，進門便見阿公跌坐在地板上，桌上有未吃完的藥和翻倒的茶水。她的臉上布滿水痕，衣襟濕透，不清楚是淚水還是汗水。

我和媽媽趕忙將阿公扶上椅子，才發現我倆一個壯年、一個青年要撐起阿公僵硬的身軀，十分困難。阿公亦想自己用力幫忙，但他出力的四肢反而更加僵硬和難以控制。好幾次膝蓋好不容易站直，又癱軟下去。阿嬤在一旁見狀，又氣又哭，動手打了阿公的腳，直說他沒有用。

到底要多麼氣餒和失落，才會恨不得痛的也是自己？

隔日阿公呼吸緩慢，已到臨終之時。她來回在臥房與神明廳穿梭，不斷向神明擲筊哭訴；回到臥房後，突然想起阿公早餐的牛奶還沒有喝，趕忙泡了一杯，彷彿甚麼事也沒有發生。

那日中午，阿公走了。

葬儀社人員將阿公的大體移至冷凍庫安放，她緊跟在後頭，又猛然想起甚麼，回到臥房將阿公躺著的被褥攏進自己懷裡，深吸大口氣，然後將被子交給葬儀社人員。

眾人面面相覷不懂她的意思，她泣不成聲，望著被推進冷凍庫的阿公，許久才緩緩道出，「伊驚寒（他怕冷）。」

葬儀社人員婉拒她，給了很科學的說法：不夠冷的話，大體會壞掉。

她緊抱著被子，點頭表示明白。

阿公停靈那幾日，她大多時間都在臥房裡，整理阿公的遺物。我偶爾進去看她，發現遺物幾乎沒有變動，甚至說，完全沒有被整理的跡象。她只是拿出來，又塞回去。葬儀社提醒她要整理出燒給阿公的衣物，才又重新打開衣櫃，進行不知第幾回的整理。

偶爾該吃飯了，找不到她人，便會在停靈的客廳裡發現她，正撫著阿公的棺低聲啜泣。

她不斷問著無法再回應她話的阿公，「你去陀位（哪裡）矣？」

阿公走後幾年，我帶男友回去與她共餐。男友的優點也是脾氣好，她低聲說，跟阿公很像。接著又說起阿公以前做事溫吞、個性固執的那一面。有次她悄悄與我說，如果跟阿公很像，妳可能會很辛苦，要做很多，要想很多。她指的是，維持一個家不容易，兩個速度不一致的人，不是一個跑得很累，就是一個等得很累。但下一回，她又欣慰我找了一個好脾氣的男友，未來不會欺負我，只有我欺負人的份。

許多年後，我漸漸明白她說的「很累」的意思。

我與男友畢業後選擇不同的人生步調，他就業，我升學。就業階段，他並不如同儕順利，也隨波逐流去考了公職，碰壁數次，不，是數年，早已找不到停損的時機，只能茫然地繼續報考著。因為原地打轉，整日都在兼職與書堆中度過。我感受出他的焦慮，但要他放棄卻宛如否定他的人生，可我已然沒有支持他的信念，只想趕快解脫。不想再過著，三不五時就被旁人問明日、明年該如何，聽著加油鼓勵的話卻只能在放榜時從頭再來。彷彿進入考場的人是我，七月的初考、十二月的地特月份，都讓我備感煎熬。

終於壓抑不了時，我半夜起來砸了他的書櫃，將他一筆一畫寫下的重點撕得粉碎。他見狀，卻只是默默將書本重新攤平、黏好，擺回架上。脾氣好得不像話。我等不到一句他的憤怒或嘶喊，似乎走不出迷宮的人只有我。

男友的好一直都是眾所皆知，親友都很喜歡他的隨遇而安，而我漸漸地只剩下那句誇獎：除了脾氣好。就如她當年說起阿公的優點時，是嘆息，不是稱讚。

突然發現，自己跟她正在做一樣的事，將挫敗揉成一團冰冷的雪球，從山巔一推而下，越滾越大。

但我與她不同，她是傳統婚姻，強迫與阿公束縛在一起，我至少還能有所選擇。偶爾在她面前，我不再裝得感情親密，她似乎看出我與男友間的尷尬。便說，「花無亂開，姻緣無錯對」。在她認為，萬物的緣分都有道理與法則，自然的花有既定的花令，姻緣亦是，會有適合的花期。這句話，成了她的至理名言，也是她對婚姻的執著。

或許，遇到一個合適的人，花的種籽便會在心底悄然萌芽。

而最愛的人，大抵也會是最厭惡的。

阿嬤離世前的冬天，我們一起去買了盆花。她總說，放在佛堂的花一定要一對，她仍舊挑了大紅喜氣的花。

於是便能永遠，雙雙對對，萬年富貴。

甩肉丸

打開蒸籠，熱氣冉冉升騰，眼前一片氤氳白霧遮蔽視線，打開抽風機運轉片刻，才終於看清蒸籠裡的食物。

鍋裡的肉丸塌成一片。又失敗了。那已經是嘗試無數次的肉丸了，還是沒有成形。將肉泥狀的肉丸舀進碗公，打上一顆蛋，攪拌，當作鹹粥的湯底。上回失敗的肉丸是拿來壓扁，混上麵粉，煎成肉餅了；再上一回是包進青椒裡，煮成青椒鑲肉。男友走進廚房，見我又白忙了一場，不禁啞然失笑。

自從阿嬤離世後，用味道思念她成了我的日常。

阿嬤手藝好，鄉里皆知，也一直有意識想學幾道她的拿手好菜，無奈我廚藝差；味蕾敏感，記得味道，卻復刻不出來。雖然不至於搞出弄錯鹽糖的笑話來，但每每進廚房，就是場世紀大戰，沒弄個灰頭土臉出來，還真不甘心。男友廚藝好，憑藉著我的味蕾，與我合作復刻出幾道記憶中的美食，但唯獨對阿嬤這道拿手的甩肉丸，絲毫沒有概念。我與他形容口感、味道，也上網找了類似的客家肉丸食譜，仍然少了一味。

沒道理啊。男友看著食譜，始終想不透。後腿肉、紅蔥頭、地瓜粉，都是再平常不過的食材，真的沒道理和在一起後，會變成一場災難。

好像還要甩，在手心甩，沾一些醬油和米酒。我努力回憶著幼時傍在阿嬤身邊，見她甩肉丸的模樣。

阿嬤說過，以前附近人家多，孩子成群，過年過節做肉丸的時候都是吆喝附近的婦女們幫忙。有時婚宴流水席的量多，總舖師也會來找幫手，一家出動一媳婦，迎接著即將嫁入客庄的新媳婦。平日裡，媳婦是自家的，但逢年過節便是整個村莊的。

我不要。聽到阿嬤說學好廚藝是為了嫁人，而女孩子嫁人後還要幫忙全村的婚喪喜慶，當下一口拒絕。阿嬤說怎麼可以，女孩子家不學會跟鄰居走動，料理不好一個家。一下是一個村，一下是一個家，婚姻在我年幼的認知裡，便以麻煩的種苗落了根。

時代總會不同，阿嬤說的那種一家一媳婦的盛況，在我成長階段已是屈指可數，不過流水席還是很常見的。尤其村裡初九祭天公後，初十便會開宴，幾乎是家家門戶大敵；有禾埕的便在禾埕擺桌辦宴，沒有禾埕的就在內廳裡。外嫁的女兒攜家帶眷回來，阿嬤唯一的女兒也不例外。

席間，總會聽見有人討論這次總舖師的手藝如何如何，出菜速度能不能讓人大塊朵頤吃得過癮。肉丸都是必出的一道菜。但作為團圓菜的下場通常是欣賞的作用比較多，吃飽喝足的眾人開始拿出塑膠袋打包，離家近的，便直接端回自家廚房分裝。

開始有外燴餐廳的總舖師負責宴席後，婦女們便不再是村莊的媳婦，而是自家的媳婦了。後來，原本每年的初十宴改成了三年一次。或許是忘了，也或許是離鄉的人漸多，能敞開擺宴的門戶逐漸式微，有些人家甚至閉門開宴，只能從門口的車輛或偶爾屋內傳出的歡笑聲，來猜測那戶人家是否有開宴。

全村的喜悅，縮小成廳內的喜悅。

總舖師的巧思越來越多，舉凡圓的、甜的，都可以當作團圓菜出，不必然非得用肉丸。小孩當然喜歡，尤其出甜湯圓後加上漢堡形狀的冰，再附上粉色保麗龍讓人打包帶走，多貼心。小孩不吵不鬧，大人們也就省事，因此沒人發現宴席上開始缺席了的那道專屬於客庄的團圓菜。

亦是在多年後，我也才知道原來用肉丸作為宴席菜餚並非尋常可見。各地肉丸不同，而需要如此費工甩打在掌心間的肉丸，卻是屏東少數客庄才有的堅持，就連出遊去過的美濃客庄、苗栗客庄也少有這般滋味。

宴席上不再成為團圓菜的肉丸，逐漸失去舞台，被人遺忘。但阿嬤還是常在年節時甩肉丸，她的理由是，除了能多道祭品外，也能消耗不少豬肉。甩好的肉丸冷凍貯藏，平日或蒸或煮湯，放上香菜木耳油蔥酥，都可以做為飯桌上的一道佳餚，吃上好幾個月。

她口中所說的一家一媳婦之景儼然已成過去。我記憶裡最多的她，都是作為一家女主人，在悶熱廚房中穿梭的身影。

捏起鍋中的肉泥，搓揉成橢圓，指尖沾上醬油，在叨絮間反覆甩打於掌心，成團後小心翼翼置放在蒸盤上，直到蒸盤整齊排滿肉丸，開火。沸騰的水在大鼎中不斷冒泡湧出，片刻，蔥頭的香氣四溢而出，取代了廚房的溽熱。等待蒸熟的時間，再接著捏新的一批肉丸，來不及放蒸籠上的，就先排在托盤上。回頭，查看蒸籠裡的肉丸，將蒸熟的一批夾出置涼，再放上新捏好的一批。如此反覆。

我坐在椅頭仔上，視線才剛高過於桌面，盯著她來回走動的身影，一會要顧火、一會要甩肉丸，還不忘趕蒼蠅，便覺好笑。她知道我在笑她，塞了口剛起鍋的肉丸在我嘴裡，讓我安靜。燙，好吃！鹹香的酒氣又帶著甜味的肉丸讓人一吃就愛上，不等她塞，我又自己偷吃了好幾口。她發現後，氣得無奈，說要拜拜的都被我吃了，等等不夠拜怎麼辦。

阿公阿婆毋知就好（祖先不知道就好）。

細人仔無大無細（小孩子沒大沒小）。她唸我，又塞了我一口肉丸。

雖說阿嬤廚藝好，但肉丸得一顆一顆慢慢甩出來，還是需要些時間的。眼看剛煮好的被我吃了半盤，她便要我也貢獻力量。我起身，跪在椅頭仔上，探了探鍋中軟爛的肉泥，有些卻步。雖然肉泥散發酒氣和蔥頭香，但這跟一般玩泥巴的觸感不同，多了黏性和油膩。

阿嬤捏起一小坨肉泥，邊動作，邊說甩肉丸很簡單，要我一定得學會。同樣是為了嫁人的理由。當時我的身高才剛過桌面，收碗盤還得踮腳，在那年紀裡又怎麼會懂得往後的人生，還得學更多東西。

我搖頭，表示肉軟軟爛爛的，不喜歡。

阿嬤覺得好笑，說都喜歡吃了，怎麼會不喜歡做呢？接著再次示範。肉丸在她左右掌中快速甩動，又甩出一粒結實的肉丸來。

我勉強伸出手來，挖出一大坨肉。她急忙阻止，表示太多了，然後用指頭撥下一部分的肉回鍋裡，餘下的放在我掌中。我學著她的動作，發現有點難，可能是當時我的手還小，掌握不住肉丸甩出的力道和角度，飛出去了幾回。她撿起桌上被我甩出的肉，笑容慘淡。

阿嬤決定分配新的工作給我，讓我用湯匙挖出定量的肉泥給她。這工作簡單。我開始與她的速度配合，她張開掌，我放下肉，可她還是會不動聲色地用手指撥下多餘的肉到鍋裡。

有幫忙就好。或許她也如此說服自己。

又過了幾年，我的身高已經高過桌面，坐在椅頭仔上時視線也能環顧整個桌面，不用再勉強平齊了。阿嬤又把我叫進廚房幫忙。這次已經勉強能捏出一粒完整的肉丸，雖然甩得很僵硬，不夠結實，但一樣有她在旁邊不動聲色檢視過我捏的肉丸。因此下鍋時，保證都是「原廠出品」。

她總說要學好廚藝，才能嫁到好人家，不然出去會被人笑的。

誰會笑？我應聲。廚藝於我而言已和嫁人作媳劃上等號，是件吃力不討好的事。

她便說女孩子一生，會有很多人睜大著眼睛看著妳，妳若做得不好，人家會說是妳娘家教得不好，沒家教。又說自己的手藝也是被練出來的，一開始從閩南村嫁到客家村，總被笑是無路用的心臼（媳婦）。還是少女的她，在眾人的注視和檢驗中，花了大半輩子，才一點一滴淬鍊成了如今被人讚許的客家媳婦。即使現在沒了過往一家一媳婦的盛景，閉門開灶時，妳在廚房裡的一舉一動，還是會受人評分褒貶的。

所有的淬鍊，都是為了讓自己成為更好的媳婦。

國中起，我算是聽懂了她的耳提面命了。

可時代真的越來越不一樣。在逐漸成長的過程中，我看見百態的家庭模式，也認知女人在家庭與事業的兩頭，如八腳章魚般忙碌的模樣被視為理所當然。同齡的友人有人嚮往婚姻而早婚，但生下孩子後夫妻不睦選擇離異；亦有人憧憬事業，卻仍要肩負家庭一日三餐，成為柴米油鹽的一員。

我與他人較不同的地方在於，交往的對象本就是善於掌廚之人，更享受研究料理，我因此不需要走入廚房，拾起曾被賦予為女人使命的鍋鏟。

或許是多年來廚藝真的不精，阿嬤亦放棄了我，改將她滿口的料理經傳授給我男友。從基本的烘肉、油飯、麻油雞、圓粄……所有當年她在廚房裡一掌天下時的拿手絕活，都傾囊相授。那些時候，她似乎忘記了年幼時與我說的，男人不入廚房、女人必須入廚房的堅持。

資訊越來越快速，在鄉村裡能見的男廚師不再只是總舖師，還有節目中各式各樣的型男主廚。好一陣子，阿嬤也愛看類似的美食節目，跟著異國料理回味著過去傳統大家庭、大夥房、全村動員時期的生活食糧。如今，能選擇的料理變多了，宴席彷彿成為特色美食的拚場戰區；宴席的理由，也從大眾的喜悅，變成私自的喜悅。如當年初十宴中逐漸緊閉的門戶。

我想，人與人之間關係的改變已成必然，但必然之後，該如何作一個自我成全的人？

如今，村裡好些年沒辦初十宴。也不知是自己錯過了上一回初十宴而不自知，還是初十宴已經默默取消。那道專屬的團圓菜也幾乎銷聲匿跡，不被想起；傳統市場、三牲禮盒中都未曾有過它的影子。

阿嬤為什麼沒教男友怎麼做肉丸呢？我曾糾結很久。是肉丸太簡單，沒甚麼特殊功夫；還是現在祭品多樣，豬肉不再稀有；還是，阿嬤自己也在不知不覺中忘了總是被人打包回家的團圓菜？

男友因此沒得到阿嬤真傳的肉丸，可待我想起時，阿嬤早已不做肉丸多年；即使口述食材和份量，也做不出當初那口熱騰騰，塞在我嘴裡的肉丸。我只能憑藉著記憶中的滋味，一次次嘗試，失敗，調整，再嘗試。

每次揭開蒸籠，迎來的都是挫敗。

曾經在阿嬤手裡靈活成團的肉丸，如今在我掌中，卻零散得只剩一抹難以辨認的印象。我想，或許是自己還不夠努力，記憶還不夠成形，才無法將那曾經鮮明，卻逐漸模糊的歲月，拼湊回來吧。

又一次打開蒸籠，熱氣冉冉升騰，眼前一片氤氳白霧遮蔽視線……

散文〈凪肉丸〉獲二〇二一後生文學獎散文組佳作

等待晾乾的衣物們與她

阿公過世後，在外的子孫都回來奔喪，唯不見大伯身影。最大的原因是根本聯絡不到人。電話簿上手抄的那條號碼，早不知是他第幾次離家前留下的音訊，透過數道人脈和關係，才終於接上他所在的頻率。

那已是靈堂設置好的三日後。

阿嬤向來重男輕女，認為長子捧斗是天經地義，可喪儀上凡需要長子出面的事，都由長孫代勞了。理由是長子半夜與人在靈前喝酒，隔日睡眠不足爬不起來。喪禮過後，長子在神祖牌前分配諸事；要子孫誰誰誰去打掃環境，要弟妹誰誰誰照顧好母親，然後自己悄然無聲再度踏上浪子不歸的旅程。

一樣，留下新的電話號碼，以及穿過，忘了打包走的衣物。

電話號碼與衣物，足夠讓阿嬤相信他此行仍將有歸。

阿嬤將衣物重新洗曬過，摺成豆腐乾，放到乾淨的塑膠袋中，收進衣櫥底層。說等大伯歸家時就可以少帶一件，天冷時也可以多穿一件。卻忽視，衣櫥底層已經塞滿他的衣物。衣櫥放不下，阿嬤便請我幫忙收到床底的空間。我爬進床底，告訴她空間不夠，她卻認為是之前的衣物皺了沒塞好，想重新洗曬，要我將前幾回的衣物順手拿出。根本就不順手。我用掃帚柄推出幾包塑膠袋，應付她，告訴她是全部了。她彎不下腰，無法眼見為證，只能催著我趁日照好時趕快拿去洗。

洗衣機放在正廳與廚房屋簷相連的空間，洗衣粉放置在半戶外的檯子上，泡著濕氣，長著黑蟲，堅硬難鑿。用鐵湯匙挖起一匙的洗衣粉，結團的粉塊如土石，掉落在大伯的衣物堆裡。不知是要清洗發黑的洗衣粉還是那堆帶著蟲卵的衣物，闔上蓋子，眼不見為淨。阿嬤抱來自己當日換下的衣褲，趁機器啟動時丟了進來。

在我還未成年時，阿嬤習慣手洗衣物；即使家裡有洗衣機，她也不覺得機器能洗得比她的手乾淨。

她也教我洗衫的眉角。先在水龍頭底下放滿一大盆的清水，衣物全浸入水中，撒下洗衣粉，打出泡沫。接著才是大工程。每件衣服都需要用刷子刷過，衣服袖口、領口、褲管、襪子、下田包的方巾，刷過後，要上手揉，就如她揉糯米糰那樣，使勁揉出黃色的泡沫。每日都換洗的衣物當然不見得都揉得出黃色泡沫，但在昏黃的月色下，浮在水面上的泡沫確實都是她滿意的黃色。

那時我最喜歡洗方巾，是她戴在斗笠上的頭巾。一來輕薄柔軟，對於才剛學會拿筆寫字的我來說，最不費力；二來因為流了整日的汗，方巾是最容易搓出髒污的，洗來最有成就。

確保每件衣物都在手裡折騰過後，她會將泡沫水倒掉，重新裝一盆新的水。水會故意放滿，讓其溢出。衣物放在水流下，讓流動的水帶去髒污；不夠的水量就用手舀取，一樣用揉搓的方式將泡沫洗淨。看到我仍在收集著方巾的泡沫時，她會叫我把阿公的褲管也沖乾淨。夏天的衣物除了她和阿公的褲子之外，都是短袖的，其實也算好洗。我換掉手中的方巾，將手泡進大臉盆中，繞圈尋找下一件輕薄的衣物。

家裡還有爸媽跟妹妹們，他們的衣物通常都是用洗衣機洗的，由媽媽負責，在做家事時順便啟動洗衣機。洗衣機排水管流出大量的脫水，跟阿嬤的大臉盆邊溢出的水共用著一個水塔，此時地下水井的抽水馬達會高速運轉，很平衡地供應兩邊水管所需用水。

阿嬤會叫我把自己的衣物拿來泡在大臉盆裡，在她看來被泡沫搓揉在一起的，就是家人。我難以拒絕。早期的洗衣機沒有兒童保護裝置，揭開蓋子便可清楚看見衣物被水渦攪拌在一起。我趁著洗衣機運作空檔，在與妹妹們差不多大小跟顏色的衣物中，尋找到自己的，抽一件上衣或短褲丟進阿嬤的大臉盆中。手洗的衣物跟洗衣機洗的衣物當然會晾曬在不同的曬衣竿上，我便常常看著自己的衣服，上下身在不同處。

有次我堅決不把自己的衣物放進大臉盆裡，因為水中載浮著的衣物，除了她和阿公的之外，還有大伯的。

大伯有時會突然回家，歸期不明，來路不明。阿嬤會在大伯回來時將餐桌擺弄得像吃團圓飯那樣，聽著口音不同、裝扮相異的被帶回來的女人，喊聲「媽」。或許她想得也對，團圓飯不即時吃，等除夕真的到了，也不見得能吃得了。

我不願放入自己的衣物，更不願手洗大伯的內褲。在年幼的理解中，除了每次來路不明的女人外，大伯只要歸家，便是滿屋酒氣；再待久一點，就是滿街酒氣。有次直接醉在警局裡，與他一字排開的人全鼻青臉腫。

阿嬤不解，告訴我說那只是內褲，而且女人洗男人的內褲，是正常的。阿公的內褲我也都會洗，為什麼大伯的不願意？她認為是媽媽私下跟我說了些話，十分生氣，不再讓我幫忙洗衫，將我趕走。媽媽也確實是說過一些話的。可想而知，那幾日家裡常有爭吵。鍋碗瓢盆、柴米油鹽都是引線，點燃的時機不一，有時早晨，有時午夜。

家人，不過是生活在一起的人。那是我十歲的理解。

再一次手洗衣物時，是高中住宿。住宿的活動是被嚴格規範的。放學後是晚餐時間，在晚自習前室友們需要協調輪流洗澡，一部分的人晚自習前洗，一部分的人晚自習後、熄燈就寢前洗。

與室友相處和諧時，會相邀在每個人都洗漱完後，一起抱著自己裝舊衣的小臉盆，到公共的洗衣場一起洗衫。各家習慣皆有不同。洗衣精、洗衣粉、水晶肥皂各有選擇，也有人堅持只放衣物柔軟精，沾上濃烈的香氣即可。搓洗的姿勢有所不同，有人爬上石做的洗手台，用腳去踩；也有人堅持拿出洗衣板，用手和刷子洗。

學校附有脫水機，但需要輪流使用，大家擠在一起洗的缺點就是脫水時間有限。有時脫水機才剛啟動，樓下教官便吹起晚點名的哨子，要大家暫停手邊動作，到廣場集合。點完名後，緊接著就是熄燈，還未脫乾的就這樣被忘在了脫水機裡。隔日清晨，室友們才趁眾人熟睡時，偷偷摸摸繞過教官的房門口，去將藏了整晚的衣物拿出來晾曬。雖然幫忙掩飾，但各自的衣物還是各自動手的多，並不會如她那樣將所有乾淨的、不乾淨的都放進大水桶中，如雜燴般。

縱使是生活在一起的人，也要各自洗衫，便能相安無事。那是我成年後的理解。

與男友同居後，洗衣物變成啞巴媳婦的工作。有時要洗的不多，較乾淨的會累積到一定程度才入機洗滌。還住在小套房時，電費一度五、六塊在算，為了省錢，通常是一週洗一次。也為了家事平衡，洗衣物的工作會安排在假日，雙方都有空時才做。後來買了房子，為了能洗下被單，選擇十公升的洗衣機，也是會將衣物累積起來一併洗。

有了住套房的經驗後，發現家事即使妥善分配，也得看老天的臉色。說好了假日洗衣物，但一到假日，待洗的衣物才剛丟進洗衣機，東方山頭就飄下一層黑雲，緊接著起風。可想而知，假日洗衣的安排是不保險又有變數的；尤其梅雨季節過後，午後雷陣雨來得又猛又急。

搬進大樓後，我們不再明確分配家事，而是很有默契地看著老天的臉色，或彼此的空閒時間而定。因為工作型態，我在家的時間居多，洗衣物的工作也就算在我身上；可也因為作息，我起床時通常已過午後，能晾曬的時間不多，男友便在早上出門時先將衣物丟進洗衣機，待我起床，準備早午餐的空檔按下開關啟動機器，吃完早午餐時也差不多能晾曬了。陽台有遮雨棚，若我工作忙碌來不及收拾，他晚間下班後會將衣物收進來，完成一整日的洗衣交接。

我與男友未結婚，名義上不被稱作是「家人」，只是用著自己最舒服的姿態，共同生活在一個空間裡。一個空間是甚麼模樣，取決於裡頭的人想要如何生活。沒有誰應該要去洗髒的衣物，也不是忍耐不下的人去洗。

從洗衣機中拉出剛洗好的衣物，洗衣精的芳香包裹著全身，我將衣物晾曬在陽台上。突然想起，與她一起從大臉盆中撈出較厚的衣物時，我倆總會各拉一頭，向著反方向擰動，直到水珠不再滴下。

或許早就註定了，我倆會朝著不同的家的模式前進。她的家人是在水盆中的家人，用手揉搓成團，一起沐浴陽光。

沒有在一起洗衣後，我也沒有機會繼續懂她。最後一回幫她洗衣，是整理她的遺物，我挑選幾件她平日常穿的、些微泛黃的、沒有焚化的花上衣，投進洗衣袋中，放入洗衣精。

眼下，陽光很和煦，曬了半日的衣物，就快要乾透了，微風中送來淡淡的清香。我便又想起，阿公出殯那次與發黑的洗衣粉一起洗的衣物也是這麼曬了半日，收進後她分成了兩堆；一堆是她的換洗衣物，一堆是大伯的。她滿意地拍拍晾乾的衣物，說著陽光真溫暖，並再次將衣物整理好，收進塑膠袋裡。未料許多年後，大伯讓她白髮人送黑髮人，她將大伯最後一次歸家時遺留的大衣掛在開放式的衣架上，任其落滿灰，也不曾收拾。也許她相信了，大伯此行沒有歸期。

如今我也將陽台上屬於她的衣物一件件收回、摺疊。果然暖烘烘的，如她說的那樣。

貓絲毛奶奶命

叫醒在床上熟睡的她，讓人有點罪惡。

初春時節，乍暖還寒，關著門的室內尚存著些許悶熱。推開門，風隨著我的身後推進屋內。西藥味混著皮膚長時間悶在被裡的霉味，在四周漫起，還有些尿騷味；桌上喝剩的牛奶正發酵腐敗著，黏膩的酸氣引來蒼蠅肆虐。

她應該是被光亮吵醒了，眼皮欲開，卻被眼屎黏成只剩一線。

既然醒了，就再大聲點叫吧。我猛地叫聲阿嬤。她被聲音嚷醒，眼皮明顯一動，我知道她聽見了，也醒了。

慣例先用濕布擦掉佔據她視線的眼屎，還視線明朗，接著將她攙到輪椅上，告訴她我今日的「待辦事項」：餵水（當然如果能餵些食物更好，可她通常不太願意，器官退化使她對食物不再感興趣）、洗澡、曬太陽，最重要的是——今日要剪頭髮，半分事實。

時值開春，就要過年了，剪個頭髮人也會輕爽些。這是我編給她的理由。

自冬日住院後，體力驟降，臥床時間越來越長，每回下床都要花上一段時間，就索性不下床了。除了像這樣被我強迫叫醒，找些莫名的活動拐著她起床，或是勉強她進食外，多數時間，她或坐或躺，沉靜如像。

往年過年過節，她都會自己去傳統髮廊整理頭髮。說是剪短，燙捲，人就會清爽，運會好一些。

頭髮順，日子就能順。這是她的信念。

眼下她的髮已許久未整理，也因臥床而被壓得僵硬變形。

燙捲我不會，但剪短還可以試試。我沒替人剪過頭髮，只在腦子裡模擬。她聽見我今日帶來的任務，有些詫異，困惑的表情在她垂皺的臉皮下不小心露餡了。我急忙解釋，「剪短著好，我會細膩袂甲你剪歹矣（小心不會把妳剪壞）。」她如今似待宰羔羊，面對歲月在身上的侵襲莫可奈何，又怎麼還會在乎自己的模樣？

第一次替人剪髮，真的比腦中模擬的難。剪刀比想像中鈍，用梳子梳起一撮頭髮，頭絲卻在剪刀的兩側刀片下磨來磨去，始終聽不到預期的落髮聲。我放棄用梳子測量髮量，改用手指頭。高過於手指以上的，都剪。這樣一來，起碼整顆頭剪起來是等長的。第一次就先以這樣的目標進行吧。

她坐在輪椅上，少有反應。除了幾次技術不佳扯到頭髮而皺眉，大多時間她只是凝視著片片落下的髮絲。

銀絲在離開她後，於空中，片刻散開，旋轉，落地。

初步剪完雛形，我稱讚，「袂穤（不錯）喔，水呢。」她掛起不太明顯的笑容，很是無奈，神色疲憊，看模樣又想睡了。我趕忙叫醒她。因為頭頂還有一塊，剪得不是很平整，我想再修好一些。但她腰椎難以挺直，顯然已坐得有些痠了，身體在輪椅上頹靡癱軟。

我被迫停下，即使仍然很在意那撮突出的髮。

她繼續在輪椅上打盹，我收拾散落一地的頭髮。頭髮在掃動下，輕輕飄起，微鬈的髮絲穿梭在陽光底下，有點像是雛鳥脫下的羽毛，帶著未知；被照得透亮瞬間，又落回地面。起落明明都是安靜的，耳邊卻似乎有著她曾經呢喃的聲音，說著，「貓絲毛奶奶命……」

她一直相信頭髮是人生的觀照，有如貓毛一般細的髮絲，是一種好命。

記憶裡第一次剪掉長髮，是小四。媽媽覺得我不善打理自己的頭髮，加上國中髮禁，想讓我提前先習慣短髮。我說好，卻在下刀那刻反悔，但哭也哭不回已經落地的髮。回家時眼角帶淚，一來懊悔傷心，二來氣憤。

天生自然鬈，頭髮粗硬，少了重量的短髮捲翹得難以控制，像是即將丟棄的鋼絲刷，張牙舞爪；更像被搗毀的鳥巢。我拉扯失控的髮，失控的還有情緒。阿嬤見狀，也同我一樣氣憤，更氣媽媽的自作主張。她認為，媽媽是故意跟她作對，才剪掉她視為藝術品的長髮。

她倆繼續明爭暗鬥，我只不甘自己即將以這副狼狽模樣，迎接青春。

國中髮禁更嚴格，女生頭髮不得過肩，只能頂著醜陋的蓬鬆亂髮入學，如軍人數饅頭那樣，數著即將度過的一千個日子。日子還沒到頭，媽媽也終於看不過我的亂髮。我的髮像她，她希望家裡有她一窩鳥巢就好，不要再有第二窩，便帶我去燙離子燙。一開始的離子燙很陽春，不自然，像是鋼絲硬生生被熱壓壓扁般。

從丟棄的鋼絲刷，變成壓扁的鋼絲刷。

為了不讓人看出僵硬的短髮，我總在下課時潑濕頭髮，將其束起。假設它是一縷乖順的馬尾。但露出的，卻是臉上的油膩和赤裸的青澀。女同學多看兩眼，就覺得那些目光中帶著較勁；男同學多看兩眼，便總以為人家正想著法子捉弄自己。

高中沒了髮禁，決心重留長髮。為了加速頭髮生長，梳子不離手，用著故事裡讓魔豆生長的信念，催促著它一夜之間變回長髮。或許是莫非定律作祟，越不希望發生的事，就越容易發生。掉髮是常態，打結更是日常。半長不短的頭髮一直停留在肩膀，左右肩上就像被築了鳥巢般。綁成馬尾，就是甩著一窩鳥巢。

離子燙的技術進步，我又鼓起勇氣嘗試一回。然而美髮師每看一回我的頭髮，就嘆氣一回，總說要剪去髮尾的分岔，頭髮才長得快，不然變形的頭髮難以拯救。起因是天生的髮流。也意味著，怪不得他人，是生來的命。就這樣，一來一回的修剪打薄，長度不增反減，厚度不減反增，唯有洗澡時潑濕了頭髮才勉強稱得上是直髮。

充滿水氣的鏡子替我遮住狼狽的模樣，隱約保留著順水而下的髮的影子。如夢泡影。大概是自暴自棄了。高中畢業前我幾乎不再將頭髮放下，以馬尾作為自己唯一的標籤。

第一次失戀時，頭髮剛過肩；除了長度進步外，髮色、髮質都在退步。人家說失戀剪髮最療癒，我沒有剪髮的勇氣，便燙捲染色。結果髮質破壞殆盡，捲出的頭髮，染出的色，更讓自己成為名副其實的鳥窩頭。

洗澡時不再看著鏡中的自己，水流下連最後的幻想也破滅。

看我換髮型，她皺眉，說不好，不適合。

不知道她意指的是這樣的生活態度，還是髮型？沮喪的心情讓我顧不得去打理髮型和自己，整天蓬頭垢面。她一直認為是我卡到陰。某日叫醒我，替我梳了髮，還很執著地將兩鬢的碎髮梳好，紮成簡單的馬尾，說要帶我去觀音菩薩那問事。套上安全帽前，她又再一次將我散落的碎髮，撥進安全帽裡。

如收攏我那些凌亂的心緒。

開壇後，乩童喝令我跪下。我被聲音震懾，原地不動時，她已經在乩童喝令聲前替我跪下。乩童是個有些年紀的婦女，身形微胖，穿著粉色肚兜，人稱觀音媽；但尚且還得尊稱她一聲「姨仔」。她膝蓋裝著人工關節，本就屈身不易，何況是跪。眾人勸起，她哭花臉，直嚷著要菩薩幫幫忙。乩童說我身邊跟了個男鬼，要求親。她嚇得不知所云，跪地又磕頭。

我佇立，俯視她的頭頂，才發現她一直打理得很整齊的頭髮，不知何時變得凌亂蒼白。她在乩童的帶領下，燒了一大串銀紙給糾纏我的「男鬼」，事情便算告一段落了。又唸了甚麼咒、作了哪些法，我早已遺忘，唯記得那日她那頭隨風而動的白絲，被陽光透亮了的髮，在我前方飄動。

終於發現頭髮逐漸有變長變柔順的跡象時，是我進入了下一段感情。

也或許是這幾年燙髮的方法更多樣了，護髮原理也被我試驗得差不多，終於找到適合這頭亂髮的養護節奏。似乎又受髮神眷顧，隨著越多挑戰，心智越堅定，日子便也越安然，髮就生長得格外快。當然，髮神只是一種我自己的說法。國中只在乎自己外貌的挫敗，高中覺得頂著一頭鳥巢就招致厄運的不安，都不再有道理。

平日裡，我還是紮著馬尾，不再是因為遮掩醜陋，而是為了更加專注執行工作；偶爾放下頭髮，洗、燙、護、按摩，生活的節奏都為自己，不為他人目光。或許人說相由心生，這「相」，必然也包含一個人的髮。不論短髮，長髮，塑成讓自己喜歡的容貌跟好命這回事，從來都不是由天而降、理所當然。

不知不覺，長髮已經及腰。

她又紮起我的頭髮，說這才是「貓絲毛」。帶著些許羨慕和自豪，叨絮起她那個年代只有少女才會留長頭髮，而且是小姐身分的少女。古早的女人，成婚後家務繁忙，帶著孩子做家務，根本無心照料長髮。因此留長髮，是作「查某囝仔」的權利；與長髮告別，就等於告別青春和自由。又說自己作女孩子的時候也留長頭髮，又黑又長，結婚後開始養育子女才剪短。短頭髮最方便，上工前，將額頭前的碎髮朝頭巾一塞，就能趕著下田；下工後，頭巾一揭，短髮用手撥一撥，抹點水梳順，就往灶頭生火。

斗笠下，是裝汗水的，裝不了少女的柔髮。

烏黑油亮的長髮在她的信念裡，儼然是一個「奶奶命」的象徵，是女人花樣年華的紀念。

我留長髮，她欣喜；可往往欣喜之餘，又不免藏些遺憾。替我紮完髮後說，女孩子長大了終究是要嫁人的，然後又不捨地一回回梳著我的頭髮，反覆說著，「貓絲毛，奶奶命……」

我以為那是種咒語，讓自己過上好命的咒語，可又更像是她自己的期盼。

即使她嫁人後剪了短髮，記憶裡，生活再忙碌，她也總是固定在逢年過節時去做頭髮。剪短、燙捲，作為她一成不變的髮型。又白、又短、又捲，如此將自己的生活默默刻成了該有的模樣，一種身為女人、母親與阿嬤的標誌。

住院後，她的頭髮因長期臥床而扁塌。意識還很清醒，沒甚麼力氣時，她會叫我替她梳頭。梳髮的節奏，就如過去她出門前，總會從床頭抽出一把梳子，不需要鏡子，用手摸摸便能清楚歲月在自己身體何處留下過痕跡。找到中線，左邊梳兩下、右邊梳兩下。意識變得緩慢遲鈍後，她也會在猛然想起時，尋找梳子。她不曉得我梳得好不好，偶爾在窗戶倒影下看見自己，眼角失落一閃而逝，再故作不經心地看向不會映照出自己模樣的景。

收起第一次剪髮的工具後，我陪她在陽光下坐了會。起風了，她說會冷，便讓我推她入房。接著又是同樣的姿勢，躺回床上，數著日子的盡頭。

眼前的風景沒變，風景裡的她閉上了眼。

靈柩裡，她的蒼蒼白髮梳進壽帽裡，看不見一絲銀白。才又恍然想起，還有一塊沒有來得及剪平整的髮……

春花秋月何時了

在我知道她時，她已經是這個「家」的女主人了。

她與阿公住在夥房的右邊，又稱作右護龍邊的草屋裡。夜晚總喜歡半臥在床上，撐著一邊的頭盯著電視，直到睡意侵襲；阿公則屈身在籐椅上，屁股擠到竹籐變形，瞌睡打得比她還早。屋室不大，等他倆都熟睡後，我悄悄下床，挪開撐在門板上的木棍，輕手拉開如一層薄片的鐵門。木棍留著樹朝向陽光生長的倔強，被磨得粗細一致，但仍不筆直；鐵門亦是布滿凹痕，或許是何年何月不小心撞到的。

我回頭確認他倆仍沉浸在電視聲的催眠中，跨出一道只用來擋水的低淺門檻，再拉上鐵門。門閂只能從內抵上，我嘗試許久，找到風的節奏，勉強將門虛掩著。

左右護龍的設計與一般正規的三合院夥房有所不同，和正身的建造時期也相隔數十年。房舍改建時程、進度快慢，是依著阿公阿嬤累積的資產而來。左右護龍因需求不同，並不是傳統夥房所見的廂房建築。左護龍改建成廚房，前面留著一片空地。印象裡曾是芒果園；後因不經意的野鳥落下菜籽，成為一片菜田；又曾搭起瓜棚讓藤蔓攀爬，採收四時瓜果；阿公喜種孤挺花時，是花園。

但不論是正廳還是左右護龍的廚房與草屋，在某段時光中這裡曾一片荒涼，堆疊不出任何一段可傳誦的記憶。

這事還得從阿公說起。

阿公在還未能有記事的三歲時便已喪父，母親帶他改嫁至張家。既非張家人，卻食張家米；既為陳家人，卻無家可歸。幸而阿公的母親仍會在祭祀時節領著他，在荒煙蔓草中尋找陳氏的孤墳，指認與他，這是他唯一與陳氏最親近的時刻，僅此而已。

與阿嬤結婚後，正式離開張家生活，回到沒有人氣，沒有結綵歡迎，甚至沒有屋舍避風的陳家來。草屋便是那時興建的，朝西。以竹節做樑，竹片編織成牆，蔗殼覆蓋成簷；屋的骨幹和頂樑宛若一座停滯時光的森林。這座森林闢成兩間房，一間婚房，一間廚房。婚房塞下阿嬤從娘家帶來的嫁妝，頭頂安置簡易神明龕，就是新人的落腳處了。

婚後二十年，終於存到一筆能蓋新屋的費用，也得令於阿公所信仰的神。為此，阿公請朱王爺來坐鎮，勘查風水、開挖地基。一切似乎都朝向美好。村人合力以竹桿將舊草屋一鏟而起，二、三十壯丁吆喝一聲，將草屋扛上肩，如廟會扛起一座大神轎那樣。不過，這回扛的是他倆的一座夢。

草屋被挪到了右側，空出來的位置即將新建宗祠。那是曾經只存在於阿公想像中，陳氏家族與夥房的模樣。他從更早年離開的堂哥那抄回了一串名，安放於正廳，也終於不用再向外、向天呼請祖先，而能好好地朝著堂內的祖牌祭祀。

客家氏族向來都是群聚而生，夥房規模亦可見氏族的擴張與人脈。但在鏡庄，卻只有他一人，掛著陳氏的名，領著妻與子女向天地呼請不知該如何稱呼的先祖們。改建祖墳時，撿回散落荒草各處的孤墳，先祖遺留在世間的骨灰終於回應了他。堂裡供奉的祖牌香火源流於十四世祖，寫著九兄弟的名，但骨灰罈蓋上標示的最老先祖已是十六世祖。他如何從祖輩分家出來？從何而來？又為何一人落腳於此？春花秋月已過，沒有答案。

過去未曾有的，便從此刻開始吧。

這或許是我也不知的，阿公追尋過的美好。

大興土木時，阿公的堂哥來訪，表明為報叔叔的養育之恩，欲將名下上地讓權給阿公，他亦希望這個堂號能夠在他們這代完整。遺憾的是，堂哥歸家不久便病重，阿公受堂哥家屬阻擋未能見最後一面。同是失去父親與家的兩人，曾有血脈之緣，卻又都失去了彼此。一串地權爭論與漫天開價後，最後以高於時價一倍的六百塊一坪，將堂哥所屬的左護龍邊買了回來。

正廳在風雨中落成了。

右護龍的草屋改作廚房與倉庫使用，正廳請入先祖、觀音、土地公，還有來看地理風水的朱王爺及其四兄弟。後來又隨著生命降臨，進駐床母，床母待了多年，即使屆臨幼孫成年，仍沒有離開的意思。

阿嬤說，祂要待便讓祂待，多點一枝香就是了。

正廳的神靈與祖先安排好後，便是家庭成員的居住空間了。起初，阿公阿嬤住在左室；右室是小孩們的居所，也就是除了已出嫁的姑姑外的兩個兒子。民國七十二年，左護龍的廚房新建，正廳的左室作為大伯的新娘房，阿公阿嬤則退住到右室，閣樓給爸。爸結婚後，右室當新娘房，阿公阿嬤又搬回當初作為廚房的草屋裡。

我的記憶裡，草屋已十分簡陋，雖在搬遷時請師傅在竹片牆內灌上水泥，但裸露在外的竹節結構，看上去仍搖搖欲墜。屋頂的蔗殼難以取得後覆蓋上一層鐵皮，但鐵皮並沒有額外的裝修或加厚。我所記得的鐵皮外緣，已破了許多的洞。每次午後熱對流帶來暴雨時，都會在鐵皮的屋簷邊緣傾瀉而下。邊緣被上一回的風雨吹出一個破洞，下一回的雨水便會繞道而行，改從破洞流下。

屏東的午後陣雨，又快又猛，屋簷很少能發揮作用，有時傾瀉不及，低淺的門檻擋不了猛然灌入的雨水。

水窪在戶外與屋內，成為兩面互照的鏡。

小時候常趁大人午睡時與鄰居大哥哥在樹下玩耍。龍眼樹位在草屋外側，根部扎進土裡，曾屹立不搖。砂土是附近孩童的遊戲場，砂土風吹日曬被消磨後，阿嬤會央請附近建房的鄰居分一些砂土。我們喜歡將砂土挖出一條條鴻溝，中間用撿來的石頭或龍眼樹折下的樹枝撐起一座城池，當作堡壘。有時一個中午，龍眼樹下會成立許多島國或城鎮，然後在被大人發現沒睡覺之前，摧毀它。

如海市蜃樓，混著剩下的土，一同被烈日烘曬，成為龍眼樹的養分。

幾次下來，總是花掉大把精神建造的城堡被人遺忘，我們改將砂土混水捏成泥球。也不為了甚麼，只是將捏出的泥球排列整齊，想像是大軍，也想像是貢丸。但只是排列也沒意思，我們發展了暴力的玩法。外側草屋牆上的水泥已經剝落，露出牆體的竹片，那便是我們的目標。將泥球瞄準傾頹的牆，砸去，濕軟的泥在重力中黏附在牆面上，再逐漸被太陽曬乾，掉落。

阿公阿嬤就睡在內側的草屋，發現動靜，出來將小孩們喝斥一番。同伴一溜煙就跑了，留我一人被處罰清理牆面泥塊。

泥塊已被陽光曬碎，輕輕撥掃就能清除，並不難，但我發現，連同一起脫落的還有本該在牆體中、夾在層層竹片中的水泥。我嚇到了，趕緊用還濕的泥土擠進竹片的縫隙中。隔日依舊艷陽天，泥土與水泥融合，彷彿本就是一體；可來了幾場暴雨後，牆被掏得更空了，光從小洞照進來。

年紀尚幼，我無法理解房子倒了，人會去哪裡，只是一回回賴在阿公阿嬤的房裡，跟著兩個老人家看著永不結局的民視大戲，或翻演數次的史艷文，梁山伯與祝英台歌仔戲。

一同躺在草屋的床上，能讓我稍微心安。

阿嬤身形較阿公豐腴，她會睡在外邊，但為了不讓我睡著後滾到地下，會將我挪到她與阿公的中間。阿公睡姿十分僵硬，習慣被子蓋頭，四肢垂放，整夜下來，他可以完全不換姿勢，只留鼻息平緩起伏。相比起來，阿嬤的睡姿躁動多了，翻身、踢被，常壓得我無法喘氣。所以每到大半夜被他倆擠得不舒服時，便會抱著自己的被子，輕手輕腳下床，回到自己房裡。

草屋的地板沒有磁磚，與戶外曬穀用的禾埕一樣，鋪著粗水泥。下床需要穿鞋，因為地面充滿不規則排列的坑洞，走不好時，小一點的腳趾頭會被絆進坑裡。

隔壁的倉庫也不全然都是雜物。某次晚飯後，聽見雜物裡傳來幼貓的哭聲，我們揭開上頭的帆布和蒸籠，沒有母貓，但隔日，幼貓也不見了。會不會是被裡頭常駐的老鼠叼走了？不得而知。之後我養了狗，狗生了小狗，倉庫也成為產房跟月子房，待小狗斷奶送人後，倉庫才又回到老鼠的夜總會。

草屋在民國九〇年動工改建。算準弟弟滿四個月大了。

砸掉草屋只花半天，我慶幸所住的村莊雖有豐富的地下水源，但百年前的河道遷徙之災沒有來，更沒有大風大浪的威脅，才得以讓草屋支撐到功成身退。

怪手推平，告別它佇立世間三十多載的歲月，不長，卻是一個堂號落成的起點、一對夫妻的婚房、小家族人的港灣。

改建那幾月，適逢夏日，下午西曬，正廳的左右室都熱得無處可躲。弟弟在嬰兒床裡喝著奶，一手把玩著床邊的鈴鐺，被推到才蓋了一半牆面的工地，躲避太陽。再過幾個月，牆面變高，便從預留的門扇進入。如此來來回回，直到屋頂上了瓦，牆面上了漆，才終於度過酷暑。地板鋪了磚，兩間磚房的連通處闢出衛浴，開了兩扇門，左右互通。

阿公阿嬤搬到外側的小間磚房，內側的大間則留給我們三姊妹。

磚房蓋好沒兩年，我們搬離三合院。雖然連著正廳的兩間空房與我們搬出的大磚房，夥房裡共有三間空房，但她與阿公仍選擇在小磚房裡生活。

正身的左室保留著大伯離家時的模樣，偶爾堂哥們回來居住才會有清掃的痕跡。其中有一件遮光的窗簾，是與磚房落成時一起新剪的，窗簾洗滌次數，也是他們回家的次數。右室的閣樓放著我們幼年成長時的雜物，下方的床板陳舊原樣。我們姊妹共住的大磚房裡則是放著不太需要的用品，或是已經淘汰、又不知該不該丟棄的文具、書本，還有搬不走、開始腐爛的書桌。

又過十年，左右室已經少有人出入，門上結著蜘蛛絲，裡頭的陳設也早就忘了還有些甚麼。左室窗簾不再洗滌，成為阿嬤放置醃漬物的空間；右室則成為倉庫，繼續承受著我們離家在外後，所累積的、不知該如何處理的物件。唯一有改變的是大磚房，堂哥們年節攜家帶眷祭祖時，會暫且居住，但也不過一個晚上的時間。大多時間，那也是一個長灰積塵的地方。

阿公在小磚房中離世，平躺的姿勢如他過去睡覺時的模樣，僵直不動。我們因此不太相信他的離去，連布置靈堂的禮儀師都趁著無人注意時，用鑰匙壓他的腳底板，想試探是否真的斷氣。我正巧在旁，沒有制止他，反而問：有反應嗎？潛意識裡或許希望有個答覆。

歲月如鏡般，會在某些時刻似曾相識。

阿公離世後不久，左護龍邊的土地又有了一波震盪，諷刺的是，將他倆受辱以雙倍價格買下的地抵押掉的，是他倆一直留著空房等待歸家的大兒子。走了一圈，小兒子借貸將其買了回來。

接下來的十年裡，阿嬤是三合院唯一的居住者，也是唯一的女主人。

晚年行動不便時，她常在自己房內，於腦中想著三合院的某處，有甚麼，指揮我去找出來，或拿給她。有時是打火機類的小東西，有時是醃菜用的帆布、臉盆，或換洗的被單。

她不用起身，便能很清楚記得甚麼物品歸在何處。

三合院的模樣已銘刻在她的腦中。

從新婚草屋到夥房正身，請入神明和祖先，成為三合院的女主人。兒孫滿堂後，又與阿公攜手回到右護龍的草屋，即使改建成磚房，仍舊選擇待在她年華最美時，度過春花秋月的地方。

作者按：夥房，泛指客家人所建的三合院或四合院，通常以完整的院落模式為人所知。而夥房既是大夥居住的地方，增造與改建也必然是它立於歲月的過程，夥房並不一定以傳統建築形式建造，更多時候與家族成員的發展和建材進程有關。

落在大瓜厝的四時陽光與四季雨

老家是非典型的三合院，建造於不同時期。

正身的神明廳與左右室雖說是傳統格局，但因當年建造費用不足，只能保留裸露的牆磚以待來日擴建成「五間起」。位在左護龍邊的廚房和右護龍邊的兩間房都是後來才改建的，與神明廳略顯突兀。房舍圍起的中央空間是禾埕，過去用來曝曬稻穀。在鏡庄，這類型的房舍建造脈絡有一說法——約莫六〇年代村裡以種植西瓜聞名，當時因種植西瓜致富而建的房舍，便被稱為「大瓜厝」。

阿嬤常誇誇其談自己年輕時曾在新埤大橋的砂石地上種植西瓜，在烈日下與販仔討價還價。採收季時，販仔會開著農用貨車在鄉間幾座西瓜田邊巡視，瞄準目標就跟農家出價。收成好時產量多，價格低；可收成不好時，品質差，也是價格低。

「遐的販仔只會曉欺負咱遮的農民（那些商販只會欺負我們這些農民）。」每每說到販仔，阿嬤都是咬牙切齒。

她向我演繹著當年自己如何用大嗓門震懾隨意開價的販仔，如何省吃儉用存錢蓋房，又是如何被五府王爺預言能蓋大瓜厝。據說在西瓜採收季前，阿公最信仰的王爺預告西瓜將豐收，並讓他先行準備好蓋房的材料與工班。也不知神明是否真料事如神，那年的西瓜果然讓正廳順利落成。

這說法又讓大瓜厝多了一層神祕。

大瓜厝的屋頂是層層交疊的紅瓦，像排列的魚鱗。常見的說法是仰合瓦的排列，先是仰瓦壓七分露三分，瓦攏對縫處再覆上合瓦，合瓦兩側塗上灰泥形成凹溝，雨水便能從此洩下。

觀賞紅瓦最快的途徑，是正身兩側留下的突出磚頭。

雖說那是阿公為了房子擴建可能而保留的，但我對兩側突出磚頭的認知，不是為了擴建，是能登高眺遠的「梯」。

記憶裡，在摸不到正廳門聯的身高年紀時，常趁著大人不注意時踩著磚頭往上爬。露出牆外的磚頭只有半截，勉強撐住半張腳掌，爬上兩階後，借助手的力量，雙手一上一下抓著紅磚，腳掌亦是一上一下踏著紅磚。身體重量還輕的年紀時，手腳無需使用太大力氣，就能輕易巴在牆上，如隻壁虎那樣，用怪異的姿勢爬上屋簷。

手觸摸到屋簷露出的紅瓦，代表登頂成功！

還有另一處也能爬上屋頂。廚房上頭因為裝有水塔，所以牆側放了一座活動式的鐵梯，僅單面靠牆的那種。從廚房的屋頂過去，也可輕易爬到正身的紅瓦上。不過紅瓦脆弱，在聽見幾次腳底傳來磚瓦破裂的聲音後，便只能止步了。

有時與年長或同齡的夥伴遊玩時，藏匿於紅瓦上是最好的選擇。如果當鬼的剛好是矮小的妹妹，就可以高枕無憂偷得半日閒了；即使是身高年長的大人，只要躲藏於屋簷後側，將身體平躺在紅瓦上，仰看浮雲，很快就能聽見棄權高喊的投降聲。再不然，還能踩著紅瓦邊緣的水泥，跳到與屋頂同高的檳榔樹上，像隻猴子那樣。

鬼能抓人，但抓不到一群猴啊。

大瓜厝的屋內也有能爬高的梯。正身旁的左右兩室，是阿公阿嬤分別留給大、小兒子的。左室長年空置無人，而我們「一家五口」則住在右室，不到六坪的空間擠著一對夫妻與三姊妹，能睡的空間不多。右側牆面貼著一道沒有扶手的木梯，是通往閣樓用的，但因上下不便，閣樓通常用來存放一些不用的物品。

在我記憶中，大瓜厝已是老舊悶熱的模樣。

壁虎大便總沿著牆壁四角掉落，螞蟻大剌剌地排列行走在窗框邊，蟑螂在紗門外揮著翅膀想破門而入，天花板三不五時就來場老鼠夜總會。很難讓人相信它也曾經有但嶄新明亮的時候。或許是三合院的活動空間大，真正待在房裡的時間只有入睡時；但即使是短暫的夜晚，狹小的環境依舊讓人侷促不安。我總窩在房間角落，靠著衣櫥擋光的面，蓋上被子，在那裡闢出屬於自己的空間。

右護龍邊的兩間草屋是以竹子為體，混合泥土蓋成的草屋，最靠外的牆面水泥已經剝落，露出牆體中間的竹片。屋頂與正身瓦片顏色相異，一紅一黑。早期是層層蔗殼覆蓋成簷，但後來蔗殼收集不易，直接在上頭壓上鐵皮。皮是焦黑色，像卡著成年油垢的抽油煙機那樣。

每到雨季，雨簾便在鐵皮外圍形成一片薄牆，從屋簷落下。尤其是夏季的午後雷陣雨，蓄積在鐵皮上跟牆體中的雨水一傾而下，沿著地面的低窪處在門口庭各處匯聚成水漥。水窪彷彿都有自己的歸屬，每次落雨，積水處幾乎都是一樣。

我們會摺起紙船放在即將成形的水窪上，等待水滿啟航。

水勢最強的地方是正身的兩根大石柱下方的小孔，只要雷陣雨一來，小孔外的雨水便會莫名形成漩渦，從小孔內帶出滾滾水花。我曾好奇水是否從屋頂而來，伸手去探，卻被藏在洞裡躲雨的癩蝦蟆嚇得連滾帶爬。

沒有下雨的午後，我跟妹妹常會故意潑濕正廳前的走廊，將那當作滑「水」場；從左室門口，一路跪地滑到右室門口。走廊並不光滑，累積在它身上四、五十年的歲月難免有諸多裂縫。滑水時，得要很有技巧地避開裂縫，避免膝蓋割傷。當然受傷流血的次數還是不少。更多時候，裂縫成為天然的地界劃分，在玩鬼抓人或跳格子時，能明確劃分領域。

升上高年級時，草屋改成兩間磚房。簡單挖出糞池的位置、水管、電線，再用牆將空間一分為三；變成兩間房，一間衛浴。衛浴雖然有加裝熱水器，但在還是習慣用瓦斯燒水的時候，衛浴是沒有作用的。分出的兩間房，小間的給阿公阿嬤，大間的作小孩房給我們三姊妹。雖然特地訂做了三張單人床，並排成列，鑿出棉被溝隔絕城池，但夜裡呼聲仍是彼此干擾。

能奔跑的禾埕在玩興大減的年紀，變得不再小巧可愛。沒有遮蔽的院落雖然能透進陽光，但擋不住寒冷。國中就學階段因為通勤而需要早起，凌晨薄霧未散時，空氣中的水氣仍飽含著夜的寒冷。每一次下床，穿過禾埕，想到要走去廚房吃早餐就讓人卻步。我常將包子偷渡回房裡，像藏著松果的松鼠，在被裡毫無目的地啃咬著。好幾次，忍不住睏意邊吃邊睡，再被阿嬤叫醒時總會滿肚子火。夜晚，窗外沒有半點光亮，整個夜幕都是黑的，沒有人聲，偶爾有蛙鳴，或是貓經過草叢的摩娑聲。門口有棵椰子樹，微彎的枝幹像是剛從地獄裡破殼出竅的鬼差，夜晚起風時，椰子樹葉彼此纏繞摩擦，擾人清夢。

我開始羨慕起透天厝或公寓的住宅，認為那樣就不用披著冷風穿過禾埕，身上沾著雨水、頭頂著烈日，只為了從這屋到那室。也或許還能有真正屬於自己的房間，不用再鬆棉被溝。

阿嬤和媽媽的婆媳問題是兵戎相見的，弟弟出生後，媽媽更期待著有天能帶著她認為的「一家六口」離開大瓜厝，住在不受打擾的空間裡。阿嬤認為的一家人，則是除了媽媽之外的「一家七口」。媽媽託人打聽房子時，阿嬤也無所不用其極想讓她功敗垂成。聽阿嬤嘮叨媽媽成為日常，佔據了玩耍的歡笑時光，她也拐著騙著，想從我這打聽到媽媽規劃的去向。而媽媽總與人戲稱我是「小姑」，又怎會讓小姑知道通敵密碼？

真正搬離老家，是突如其來的戰火。也或許雙方早就醞釀許久。

那日傍晚，我如往常下了校車後從村口走回，禾埕格外安靜，鄰居探頭出來觀望，卻也沒人敢發出一道聲響。怪異的氛圍從大瓜厝的右室蔓延，小孩房裡被丟出一堆書籍、文具、玩具、衣物。彷彿能雙手扛起的，能製造聲響的都被丟了出來。

甚麼樣的爭吵，需要把我們三姊妹的房間砸成那樣？

房內一片狼藉，書架上的自修、課本、存錢筒、裝飾品全被人掃落在地。書架頹倒在窗下。那或許是搬不動，也來不及拿斧頭劈成數塊，才倖免沒有被砸出戶外。

中間的記憶模糊空白，只記得當晚我們就「舉家」離開了，搬到一間久未有人居住的透天；除了基本家具外，牆面、窗戶、地板都是灰。勉強打掃出一塊能休息的空間，草率度過一夜。行李是後來才回來一一收拾的，也才聽說這一切都是阿嬤的大兒子做的，那個久未歸家的左室的主人。不清楚是誰跟誰爭吵，也或許是混戰，那人甚至持刀追趕媽媽，並砸爛眼見所及的一切。

一陣鳥獸散後，阿公阿嬤從此被算進村裡獨居老人的行列，阿嬤更常與鄰人說起自己是如何被迫「獨居」的。鄰人安慰她，只是相隔一個村，而且她的小兒子、我爸爸也還跟他們一起務農，晨昏定省。即使如此，她仍是喊著兩個老人很寂寞，沒有孫子陪。

搬家後的房子是我一直嚮往的透天厝，有超過三個樓層的生活空間，我們姊妹也終於真正有自己的房間。洗澡或半夜上廁所，不用再穿過毫無遮蔽的禾埕，不會看見夜有多黑，不會感覺風有多冷。我的房間靠外，有一座大陽台，剛搬進來時我花最多時間打掃的就是陽台，每一塊磚都被我仔仔細細刷過一遍。好一段時間，我很享受待在陽台，點著小燈，做著學校的縫紉或木工作業。

或許是走得太匆忙，沒來得及道別。

遮上避光窗簾時，總忍不住想起將紅瓦曬得滾燙的烈日；拉起落地窗躲雨時，耳邊總有從石柱下兩個小孔流出的潺潺水聲。

真的走得太匆忙了。我如是認為。

於是我回去三合院，將右室裡屬於我的東西整理出來，又把小孩房中被推得東倒西歪的東西歸位。除了拿走衣物、書、文具等，也拿走藏在床底下沒受到波及的收藏盒。

阿嬤見我整理東西，眼眶紅得如瓦。

眼淚滴滴落下，一如之後每逢落雨就滲水的大瓜厝。

過往不經意的日常開始成為心底的習慣，會在某個瞬間想起——啊，上個禮拜的這個時候才剛下課，走在那片漆黑的稻埕上。啊，上上個禮拜的這個時候，正跟阿嬤在房間看電視。啊，上個月的這個時候，阿公阿嬤正要去田裡，在簷下穿著鞋……諸如此類毫無意義的回溯，隨著時間堆疊，開始不受控制地在腦中織成密密麻麻的網，彷彿不小心拉斷一條細線，整張網就會搖搖欲墜。

我想回去了。這樣的念頭越來越強烈，卻始終沒有勇氣。媽媽的一家人與阿嬤的一家人是不同概念的，我卻剛好都在集合裡，但我無法只選擇其一，只能視而不見。

我們離家後，阿嬤更加不喜有人侵犯她的領地，也越常說起大瓜厝的過往。冬日暖陽是三合院的優勢，因為禾埕空曠，陽光充裕，鄰人偶爾會來借地曬衣服，分得一寸陽光。阿嬤總會拿著椅子坐在陰影處，直盯著借用陽光的那些衣物。曬乾了就得收。大瓜厝的一切，她都不願與人分享。有人借停車，她要設時間。也認為，早晚禮佛時，禾埕的正中央擺放著天公爐的方向會有神明出入，不可擋道。

阿公離世分產後沒多久，她的大兒子將大瓜厝的一半產權給抵押了。她不識字，將法院傳票放於電視櫃上，一如過往她收到關於大兒子的消息那樣，等待有識字的人替她拆開信箋，報來好消息。但通常都不會是好消息，甚至連詐騙電話都能找上她，一通哭聲就能讓她相信大兒子出事了。

我拆開信，讀取訊息。

她不信，說那是詐騙，就如那些打來的電話一樣，只帶來壞消息，且都那麼剛好是關於她大兒子的。我與她爭論不休，一度以為被詐騙的是我自己。我第一次看見她眼裡世界的模樣，與我認知不同。原來有些對錯和是非，在某時某刻是不重要，也不需要的。

眼見法拍在即，一開始就被迫簽放棄繼承的女兒不願插手，大兒子的孩子們沒有能力挽回，她只能再次轉頭讓小兒子替她想辦法。爸爸用自己的那份產權借了貸，去換回大瓜厝的另一半。

大瓜厝又完整了。

之後再揹起年過半百的身，又歷經了幾回風雨，屋瓦沉重難載，只能和村裡多數人的選擇一樣，將它蓋上鐵皮。鐵皮加蓋後，紅瓦不再見日，禾埕也只剩一半陽光。大雨落下，鐵皮如遭石砸，禾埕上除了來不及洩水的溝渠淹來少量雨水外，已不見能載浮紙船的小窪。

那些曾落在大瓜厝的四時陽光與四季雨，和她一起，都在時間中安靜了。

喧鬧，在廳下

神明廳裡還播放著觀世音曲，她踏出門檻，舉著手，便對著某個方向大罵三字經。

眾人扭頭看去，原來是一隻不知天高地厚的狗，正在稻埕的空地上大小便。還沒搞清楚狗脖子上的項圈標著哪家主人的名，她已撿起石頭擲了過去。狗被她砸得哀嚎，夾著尾巴逃走了。

又有一次，是隔壁小孩騎著三輪車，撞倒她正在熬煮的封肉，爐裡的炭火跟大鼎裡的肉、醬汁全混在一塊。她一樣是連珠似地砲火，將小孩罵回了家。三輪車被丟在空地上，輪子朝天轉動，小孩又哭又叫，聲音消失在隔壁巷子裡。不一會，小孩的阿嬤帶著一大塊三層肉和蔥來賠罪，她沒有刁難，接下賠罪禮，便跟小孩的阿嬤聊了起來。但等人家轉頭走進巷子後，她又低低地說，「我早就知影（知道）彼個囡仔早慢會去拚到（撞到）矣，賠一塊肉有啥物路用（有什麼用），我封肉攏欲（都要）煮好矣。」

顯然，她依舊是心有不甘的。

而她最忌諱的，就是來路不明的車，恣意停在稻埕前。

在外人看來，那是一塊家門口的空地，沒有柵欄，也沒有禁止停車的號誌，便是可以讓人臨停的地方。但對她來說，那是她堂內神明在走的路，門前沒有設障，是為了讓神明能暢行無阻、來去自如，不是讓人隨意停車的。

於是乎，又在一曲觀世音咒結束後，再度朝著大馬路叫嚷，問到底是誰家的車亂停。

幾回下來，鄰里都知道她的逆鱗在哪，會避開，以免和她在大庭廣眾下爭執。大家都知道，她吵起架來是不顧顏面的；不論是對方的，還是自己的。她可以站在馬路中央，一手扠著腰，一手指著別人的鼻，將人罵得節節敗退。

只要不摸到她的逆鱗，平日與鄰里的相處還是不錯的，至少彼此表面和諧。

她最大的逆鱗，就是這間三合院。

她常說，這個地方是她和阿公一磚一瓦蓋起來的，想當初從老家搬出時，只有三雙筷、三塊碗的家當。她給人做工，和阿公兩人儉腸凹肚（縮衣節食），才終於存錢蓋了瓦房，有多少人看她不順眼，貶低他們……這是她每見到子孫便會說起的古早時。

她踩著稻埕上的每一寸土地，指著每一塊磚瓦，細數著歲月中的痕跡。

我最常跟在她身後，也聽得最多。

除了祭拜時間之外，稻埕上也常有人往來走動。

她吃早齋，每天一早就會有豆芽菜車來。菜車很準時，將孵好的豆芽放在保麗龍箱中，用彈力繩綁在摩托車的後座，就是一個移動式的菜車。她會跟老闆買十塊的豆芽，現炒來吃，當作是早餐的配菜。

菜車之後會有一台老檔車，一樣是用保麗龍箱，不過裡頭裝的是青蛙。她也會買青蛙，當作中午的配菜。鄰近中午時，會有魚販開著小貨車進來，她買的魚種很固定，幾乎都有鯽魚。老闆知道她愛吃魚，除了特別留下鯽魚之外，也會跟她推薦其他魚，但她總用眼神瞥過，搖頭說不要。魚販走之後，她會低喃著說，「魚仔就無新鮮，擱想欲（還想要）騙我，我有遐爾仔（那麼）好騙嗎？」

除了固定的商販車輛外，有時也會有不經意經過的小販，將車開進稻埕的廣場來。她若是正在神明廳中唸經，便會捏著佛珠，嘴裡從南無觀世音菩薩逐漸變成三字經，直盯著車子行徑的方向。車子如果只是迴轉的，她罵了一聲便坐回她的籐椅，繼續唸佛；但如果車子是載東西來販賣的，就會被她揮手趕走。只能說，來的時機不對。

有時候車轉進空地時，她正巧坐在稻埕上曬太陽，便會耐著性子聽小販介紹。小販賣的都是自家的菜，有些是市場收攤了經過此地；有些是村裡人，剛從田裡摘回來的。她挑選後，讓我進屋拿錢來付，然後跟小販話起家常來。

後來她在稻埕旁的空地種起地瓜葉和九層塔，附近鄰居偶爾會來摘取，當然也是經過她同意的。為此，她還對自己種植的九層塔十分自豪，說附近人家的晚餐都靠她的九層塔茓芳（爆香），常仰起頭嗅著空氣中從各家廚房傳出的油煙味，有沒有她的九層塔。一旦塔香十足，便嘴笑眉笑；但澆水時，又不免抱怨自己照顧得那麼辛苦，結果別人拔了就走，也不幫忙澆水施肥。

我常常搞不清楚她的待人原則；對同一個人，可以面善，也會惡言相向。

傍晚時，稻埕有夕陽餘光，又吹來風，十分涼爽。早些年，阿公會坐在廊下打瞌睡，她則拿著塑膠椅坐在門口，斜對面的阿伯坐著輪椅與妻子一起，對面伯母和阿伯也拿著自家板凳走過來，開始聊著閒話。

她便會與人說起「三雙筷、三塊碗」的事，不知是不是因為我也在那，所以她有一半的故事是對著我說的，然後鄰居們一言一語替她加油添醋，說起三合院還未建造前的模樣。

我只是聽著聽著，捏著腳下的螞蟻玩，從未放在心上過。

後來，阿公離世，輪椅阿伯也在妻子離世後，身體每況愈下，除了讓自家兒子推出門外，他很少有機會自己出門。對面伯母跟阿伯雖然還會過來聊天，但阿伯的身體也不如以往，呆滯的時間比說話的時間長。

有幾回，我看見稻埕上只有她一人，依舊拿著塑膠椅坐在門口，塑膠椅背靠著井水的馬達，馬達旁開著粉色酢漿草花。看她一人無語，也沒有人說話，我便找話題與她聊天，問起她身後的花是哪來的？她說不知道，大概是小鳥叼種籽過來的。

她身體漸衰後，早上也不吃早齋了，改喝一杯牛奶；但在更早之前，豆芽菜車就已經不來了。平日也少有路過的小販。沒有買魚的習慣後，魚販車也不再進來稻埕的空地裡。

在無人陪伴的那幾年中，她依舊會跟我說起年少時打拼的歲月，不同的是，沒有旁人一起起鬨，沒有你來我往的那些誇張對話。

我第一次得以靜靜地，聽清楚她記憶裡的過往。

那些歲月似乎沒有消逝，隨著時間的發酵，在她的記憶裡逐漸成為一道烙印。與曾在稻埕上來往的人們一般，從熱鬧走向寧靜。

輯二 青山綠水

跨越青山綠水，
只願從此時回到彼時。

綠水何處來

在進入村莊的路口處有一條河，約半個成年人的人身高，積水通常不深。春季會開滿早發的睡蓮，夏季豐水期睡蓮隨著水高而生，肥沃土壤與清澈的水讓睡蓮永駐蔥綠。可一旦上游山區暴雨，睡蓮便會提早結束花期，根系被洪水攪入泥裡，成為養分。睡蓮來不及發新芽，便進入秋冬，留下蔓生水草。

不論溝渠裡的春秋風景如何，它只被視為附近農田灌溉所用的水源。

溝渠挨著馬路。早年還未在溝渠上建設醒目柵欄時，常聽說有村人酒醉或夜歸時視線不明，跌進溝渠，摔得滿身是傷。

淺水濁泥也好，滿洪暴雨也罷，溝渠成為道路與農田的分隔線。

還是國小時，爸爸在溝渠旁的小路裡跟人租地種蓮霧。蓮霧樹是地主的，不過在承租期間，花期生長、開苞結果都算承租人的。蓮霧田的灌溉用水，就是取自於溝渠裡的水。

溝渠灌溉著附近幾座蓮霧田、檳榔園，連綿不絕而來的水源帶來成群優游的小魚，和交纏成堆的水生動植物，不細看，會以為那是哪片綠葉的倒影。

我不會去探知水的源頭來自何處，只當作是遊憩的秘境。

偶爾爸爸蓮霧園需要幫手時，阿嬤便帶著我，扛著耙子到園裡幫忙。小孩子能做的不多，通常就是掃落葉、或是替大人牽水管之類的輔助性工作。大妹比我小三歲，可想而知她能做的又更少了；小妹更多時候則是待在嬰兒床裡，在樹蔭裡午睡。

掃完的落葉聚成塔狀，如矮人的小屋，又如三隻小豬的避難所。挖個小洞，將番薯丟進落葉堆中，生起火，那便是整日農忙下來，最讓人期待與愉快的事。

再大一些，我能上樹了，就幫忙接住成熟的落果。有時跟著爸爸，更多時候是跟著阿嬤。他們會先將蓮霧的套袋揭開一個小洞，用手觸摸果實的重量和飽滿度，再決定是否摘下。我揹著亞麻布袋，裡頭裝著從大人手裡接過的蓮霧；蓮霧還套在果袋裡，等到布袋都裝滿後才會統一倒到工寮的地上。地上鋪著棉被，不知是誰的，能湊出一塊工作的空間就好；髒污也不重要，甚至還有我們姊妹喝奶時留下的污漬。蓮霧如積木那樣，帶著五爪般的枝條，在棉被上堆成一座尖塔，等待分類裝箱。

所有農活都結束後，通常是夕陽西下了。

阿嬤會吆喝我一起到溝渠裡，不是玩水，而是要撿溝裡的蜆仔當作晚餐配菜。蜆仔大小不一，就跟揀選蓮霧一樣，飽滿又感覺出重量的便好。她將布袋掛在我身上，自己身上也掛一個，手裡拿著塑膠籃或能瀝水的鍋盆，插入泥土中，將土連石子雜物一起掏進籃裡，順著水流將污泥洗去，留下來的便是蜆仔了。這是運氣好一點的。有時蜆仔藏在石縫中，她手太大，便讓我用小手去摳。

偶爾一陣水流沖來，過小的蜆仔從指縫中漏出，在水面載浮載沉。她拔腿就想追，卻忘了先拔出深陷泥中的雙腳，撲通栽進水裡。水花濺過我的頭，還有晚餐。她氣得在水中踱步，將泥水攪得如風暴，混濁一片。

水質清澈時，沒半小時就能撿到一盤蜆仔的量。

她會用鹽巴逼蜆仔吐沙，泡水沉澱。同時，她會開始剁碎蒜頭、辣椒、辛香料，用著在水中生氣踱步的氣勢；接著加上醬油、醋，放一些糖。蜆仔醃進醬汁中，成為晚餐中最下飯的配菜，更甚於主食。

有一次我又與她一同去摸蜆仔，這次跌進水中的是我。起身時，我被水草絆住腳，一屁股跌在水中。她替我將水草扯開。雖然長年做農，她的手早就粗糙長繭，但仍是被水草中夾帶的利石割傷手。她沒有喊痛，甚至沒甚麼表情起伏，只是一如往常將手心放進水流中，讓水洗掉流出的血。起身前，將沾著泥巴的褲管也一併洗了洗，又用水流最後一次沖掉蜆仔殼上的泥。

朝我伸出手，將我拉出溝渠。

那次之後，我便沒有再與她一同到溝裡摸蜆仔。印象模糊了，不知是溝渠變得混濁不再有蜆仔，還是蓮霧園的租約已到。

國小畢業前，我曾代表班上參加閩南語演講競賽，背誦的講題裡就有這麼句話：摸蜆仔兼洗褲。為了生動，老師讓我反覆演練摸蜆仔和洗褲管的動作。尷尬的是，演講那日安排的服飾是裙裝，根本沒有褲管，且講台高過於台下評審的桌面，遞來的目光只能看見我露在裙襬外的雙腿。我一緊張，除了將台詞努力咬字正確外，動作十分生硬。下台後，老師無奈笑笑，說辛苦了，下次再選一個更適合我的題目。言外之意就是，「摸蜆仔兼洗褲」的講題與我生命的經歷太遙遠，無法真實演繹。

成年離家後，回家時必經的路就是村口的岔路，溝渠在右側，已經圍上護欄。附近少有人家繼續做農，雖然有些園子或田都還保留著作物，可藤蔓叢生，早就難以辨識。有些田換了作物，砍掉原本的檳榔樹，種起香蕉，香蕉得病後土地被迫休養三年。有的直接放棄，領著退休金過日，有的配合政府農作計畫，種起可可、諾麗果。溝渠乾涸的季節變長，大多時候水面上是浮著青苔和莫名的油漬，即使夏季豐水期來臨，源頭沖下大量河水，也看不見溪底石礫分明，更別說還有可食的蜆仔。

綠水不再來，蓮花不相伴，蜆仔不見蹤。

曾絆住自己的水草如水中倒影，從記憶深處而來，細看，真的只有倒影。

彩色琉璃

媽媽離家出走又回來後，阿嬤一直視她為眼中釘。

記憶裡，媽媽離家出走的次數難以數清，也或許是過於年幼，無法逐一去清算大人們三天兩頭的爭吵。原因拼湊起來，大抵都是來自於阿嬤的強勢，以及媽媽這個始終被當作「外人」的身分。

在我記事時，家裡是七口人。小一聯絡簿要填寫家人人數與關係時，我寫的就是七人。阿公、阿嬤、爸爸、媽媽、我以及兩個妹妹。晚餐同桌吃飯時，也是七人，但從座位的安排上也可見端倪，阿嬤與媽媽常坐於對角，彼此的眼中，一家人的組合模樣是相異的。

剛上小學時，半天就放學，大人們會趁落日前替小孩子洗澡。一來避免著涼感冒；二來是洗完澡吃完飯後，可以各自閉門不出，不再照面。

舊浴室位於廚房，朝戶外開一個小窗，大半面積都是浴缸，浴缸裡鋪滿彩色琉璃。琉璃縫中是淺藍的漆，放滿水時，俯頭就能看見琉璃的斑斕，淺藍的漆就像是交織的河流，纏滿整座浴缸。浴室是用瓦斯燒水，打開熱水時會聽見逼逼逼的燒水聲，等到熱水器下的小孔冒出一炷燃燒的火光，水龍頭就能放出熱水了。

阿嬤傍晚有供佛的習慣，她會在那之前先洗好澡，說這樣對神明才有禮貌。她也會邀我和她一起洗澡。我並不那麼喜歡跟她共浴，因為她指甲尖銳，總認為頭皮要抓得徹底才會乾淨，刷背的力道也是堪比刷碗。她習慣在浴缸裡放滿水，舀水淋身；但她往往沒注意到我是否已經憋好氣，便將水從我頭頂灌沐而下。我因此一度害怕水，也害怕洗澡。

開始上下午課後，回家時已經錯過她洗澡的時間，我有些慶幸，可她仍讓我先放好水，等她供佛完後再來幫我洗澡。好幾次，我當作耳邊風，自己放好水就跳進水裡；頭髮、身體胡亂抹上香皂，沖幾下水就趕緊出來。

她供佛完後見我已經洗完，無奈只能放過我。

有時候抓到媽媽空閒的時間，跟妹妹們一起洗澡。媽媽一樣會在浴缸裡放滿水，不同的是，她偶爾會倒入巴斯克林粉。水被染成黃色，如窗外的夕陽，又散發著別於香皂的花香。妹妹入水池時，會順道帶進小球或不願放手的玩具。媽媽將我們三個都放進水中，分別洗頭洗身體；等待時間，就是玩水的時候。但我與她們一起洗澡的次數不多。升上小三後，放學回家時妹妹們總已經洗好澡，媽媽忙著料理晚餐，我只能趁著阿嬤供佛的空檔，趕緊洗好自己。

洗澡的默契偶爾會被打亂，當媽媽又離家出走時。

浴缸裡一樣泡著我們三姊妹，只是搓在頭上的手不是媽媽，是阿嬤。阿嬤不喜歡香皂之外的起泡劑，將那些用了半罐的沐浴乳或巴斯克林粉丟入垃圾桶。我們沒人敢說話，妹妹只能緊抓著自己的玩具，甚至藏起來。

隨著爭吵的次數漸多，我們藏起的玩具就越多。阿嬤在房門口叫囂喝斥，爸爸在房內與媽媽相互推擠，如拳擊擂台般，只不過沒有人會敲鐘喊停，也沒有人願意丟出白布。

爭吵過後，媽媽總會抓著摩托車鑰匙沉思。妹妹們並不知道鑰匙是做甚麼的，只是如同自己的玩具那樣，搶過來把玩，藏進枕頭裡，在媽媽哽咽的搖籃曲中入睡。

隔日醒來，妹妹藏的鑰匙被找到了，而媽媽又離開了。

媽媽離家的日子裡，家裡人閉口不談，似乎從未有過這個人般。阿嬤會在固定的洗澡時間將我們帶進浴室裡，做著與媽媽相似、卻相異的搓澡。妹妹被她淋下的水嗆到鼻子，哭了起來；另一個泡在水裡的妹妹聽見哭聲，也不明就裡跟著哭。她被哭煩了，拍著她們屁股，從水裡抓了起來。

好傻，不出聲不就好了。我總這麼想，但妹妹們不懂。

小孩子哭大概是因為餓了，沒有媽媽負責煮飯，阿嬤只能邊供佛邊顧爐火，來不及時，便用白飯淋醬油讓小孩子先果腹。吃完飯的孩子們不哭了，她也就更相信，孩子們哭時就是餓了。因此，往後妹妹們只要一哭，那天就得吃上好幾餐。

媽媽離家的時間長短不一，回來的理由我也不明白。她說是為了我們。但回來，又彷佛是預告著下一次的離開。暴風雨前的寧靜越來越短暫，她離家的時間也越來越長。

某一回，媽媽回來後心情格外好，在我放學前她已經先替妹妹們洗好澡，於是她趁著阿嬤供佛時替我洗澡。媽媽的手勁輕柔，淋水時也不會嗆鼻。但就在媽媽替我抹上沐浴乳時，阿嬤突然破門而入。我與媽媽的笑聲戛然而止。只見她抽出身後的衣架，先是與媽媽對峙後，將我從媽媽身後拉出水池，揚手打了我。媽媽當然挺身而出，她便兩個一起打。

我被護在媽媽懷裡，低頭時看見腳下的琉璃。琉璃不規則地排列在水中，卻如破碎的鏡面反射著她的張牙舞爪。她咬牙切齒，氣得掉淚，每一塊琉璃都映著她的五官，扭曲變形。琉璃上也有媽媽，驚恐又憤怒，用全身的力氣推開了她。

她與媽媽兩人彼此指責了甚麼？我沒有印象了。

那晚阿嬤將我找進房裡，拿出藥替我塗抹挨打的地方。她說我不應該讓媽媽替我洗澡，不應該跟丟下我們的人說話。她問，妳忘了嗎？我搖頭。當然沒有忘記媽媽離家時的模樣，決絕，頭也不回。偌大的門庭有媽媽行李拉過的痕跡，還有被她丟在烈陽下的畚箕、掃帚。她又說，妹妹都太小，不知道被自己媽媽丟下，而我大了，應該要知道。

從那之後，我開始獨自洗澡。

升上高年級後，媽媽幾乎沒有再離家了，她生了弟弟，整日都在搖籃前和廚房裡忙碌、打盹。

高年級放學時通常都已近黃昏，趕不上吃飯前洗澡，而吃完飯後太陽也已經下山。有時補習回來，戶外人聲安靜，偶爾聽見各家門中傳來的電視機聲。不知是否過於安靜，赤身裸體泡在浴缸時便會聽見耳邊傳來遠方的聲音，像是變電箱漏電的聲音，嘶嘶嘶，不明顯，但仔細聽還是有的。

浴室的霧氣迷散，我難以確認雙手張開的空間有多大，那些聲音離自己有多遠。

我關掉水龍頭，反覆確認門窗是否鎖緊，可偏偏老舊的浴室門閂脫落，只能用椅子壓在門上。泡進浴缸後，又再次聽見，只能再一次起身確認。洗頭淋水時也要確認數次，一口氣往往憋不完，淋下的水就嗆進鼻子裡。洗完澡出門查看，發現住家附近並沒有變電箱，唯一的電線桿上站著回巢的鳥影，見我走來，刷地飛進黑夜中。真正站在戶外時，嘶嘶嘶的聲音又不見了。回到浴室查看，也沒有。

國中後，我們搬離老家，便幾乎沒有再回老家洗過澡，浴缸也就沒有機會滿水。使用頻率低了之後，浴室更加老舊了，窗戶外的紗窗擋不住蚊蟲，只能常年將窗關上。門框被白蟻吃掉許多，每一次關門都是勉強扣上。

我們離開後，她和阿公還是持續使用這間舊浴室。阿公行動不便時，我跟她一起幫阿公洗澡。她去開瓦斯，放滿水，我拿好阿公的衣服，再一起將阿公攙扶進浴缸中。

那時我已成年，第一次用大人的身軀環顧這間舊浴室，才發現浴室好小。

地板的磁磚不知何時被敲出坑洞，或許是在我們搬離前就有了？放滿水的浴缸裡反射不出琉璃的顏色，當然也就看不出所謂的河流；也可能是阿公身形較大，泡進浴缸中，擋住琉璃的視線。阿公洗好後包著浴巾，發冷顫抖，我快速替他穿好衣褲，將他扶到籐椅上曬太陽。她替阿公準備水和牛奶，我則回頭清掃浴室裡留下的泡沫。

先前可能是因為三個大人的身形佔據了浴室的空間，才顯得侷促狹小，但剩我一人站在浴室時，卻仍覺得擁擠。

我想起那時獨自在浴室中洗澡的自己，霧氣中，總覺得眼前的一切漫無邊際，不明的遠方不斷傳來雜訊。可眼下阿公剛洗澡的水已經冷去，浴室靠著一盞孤燈，雖然不明亮，但也能清楚看見方圓。

逼仄的空間沒有霧氣，也沒有聲音；彩色琉璃反射不出任何影子，藍色河流也早就褪色反白。

我才發現，原來，浴室那麼小。

無照駕駛

抱著她的腰，風帶來了複雜的味道。是她早起去市場所沾上的肉腥味，是在廚房裡切的那大把蔥的嗆味，還有下田時在脖頸後留下的汗酸味。不算好聞，氣味不斷從她身體各處竄出，交雜濃烈，連車陣中排煙管的油耗味也壓不過。

紅燈了，她急煞住車，我的身體不受控地與她擠在一起，胸部感受到她背部汗水的冰冷，透過紗質的布料暈到我身上。陽光太烈，暴露在袖口外的皮膚不斷滲出汗，黏膩又濕滑；我與她的手腳皆是。我不動聲色地挪開屁股，拉開彼此碰撞的距離，雙手拉著摩托車後的置物桿，想將身體固定在後座。還未坐妥，她又再次急催油門起步，眼神如追趕羚羊的獵豹，興致沖沖地趕上前方路口停等紅燈剛起步的一群車輛，轉眼又鑽進車縫。

「阿嬤，你騎卡慢矣（妳騎慢一點啦）。」我的聲音被風聲急急地帶往身後，她當作甚麼也沒聽見，再次催起油門，工地用的安全帽繩勒在脖子上，帽緣被風吹往一側，露出眉毛。

「阿嬤……」我再度湊上她耳邊喊。

忍不住提醒她，要是被警察抓到就完了。說到警察，她倒是聽見我的聲音了。但緊接說，警察不會抓她的，就算抓到了，警察也會讓她過關，不會罰她錢的。開始又說起自己曾經在新埤大橋上騎車被警察攔過，她脫下工地用安全帽，抱在胸口，笑眼瞇成一線。警察見她是老歲仔（老人家），親切地跟她問候，讓她騎車慢點，請她把駕照拿出來。她把笑眼瞇得更緊，說老人家怎麼會有駕照呢。這一問，倒讓警察難以應對，只好問她要去哪？她指著前方不遠處，答道，「拜拜的香無矣，我想欲拜拜，所以來橋頭買一寡（一些），著佇隔壁爾爾（就在隔壁而已）。」眼神裡飽含著信徒對神之敬重與急切，警察也不想太過為難老人家，只好揮揮手讓她通行。

在她的理解中，她那個年代「不需要」駕照，當然也就不會有過。又說，反正等下考完試回程，我拿到駕照，就可以換我載她了。我再次提醒她慢點，說我「現在」還沒有駕照，這裡也不是橋頭，沒有金香店，我倆這副打扮也不是剛拜完神的模樣。

她堅持不會，更強調就算抓到了，就說我正在去考駕照的路上，當然沒有駕照啊。

這番沒甚麼道理的言論確實醍醐灌頂，讓人難以反駁。對啊，一般去考駕照的人，都是沒有駕照的，如果沒有親友幫忙接送，監理站那條路上不就很多「無照駕駛」的人？

這麼想時，她已經順利將我送到監理站門口。安全帽下戴著花帽，她將花帽的帽緣掀開；陽光刺眼，只能瞇著眼把頭探進警衛室，接著中氣十足地用閩南語跟警衛詢問考場位置。她以為警衛便是警察，不忘強調，她是帶孫女來拿駕照的。警衛皺著眉理解著她的話，說拿駕照要去某某窗口，看著指示牌，轉過去就到了。我趕緊糾正她的說法，解釋自己是來考駕照的。

「喔，考試的話要先去大廳登記喔，可是早上登記時間已經過了，妳要等下午場了。」說完，警衛將窗口拉上，擋下不斷外洩的冷氣。

她滿頭汗，不太懂警衛說的大廳在哪，只能原地打轉。我讓她先在樹下休息，自己去找報名窗口。把報名手續處理完後，我回到樹下尋她，發現人不見了。找了片刻，才看見她正趴在路考考場的欄杆上。欄杆不是非常牢固，只是勉強作為內場與外場的阻隔，她毫不擔心自己會把欄杆壓壞，將整個身體的重量都壓在上頭。

我將她拉回，跟她說欄杆危險。

她卻津津樂道指著圍欄裡頭正在考試的「無照者」們，清點起剛剛有多少人壓了線；還分析說，騎直線時如果腳碰到地，「彼個，」她指著某處亮燈，「會叫，而且誠大聲。」她搬演著十多分鐘所觀察到的一切，聲音不比她指向的警鈴小。又強調，踩線之後，所有人都會盯著那個人的腳看，引起場外一片嘆息。我點頭應付著她，邪惡地希望剛過了直線的那個女孩，可以踩個線，幫我分擔掉眾人因她誇大行徑而不斷對我投來的注視。

她奕奕的眼神將場內考生，還有場外等待的考生都巡視了一回，下了結論：尤其在轉彎的地方，很多查某囡仔會控制不住龍頭而摔倒，查埔囡仔體格比較大欉過關的機率比較高。才剛分析完，考場內又發出極大的聲響。我將她拉開，跟她說，大家都很緊張，她這樣趴在外面看著人家，人家會更緊張。即將也是考生的我很能感同身受。她安慰我，不用緊張，她分析過了，沒有過的查某囡仔都是太緊張了，還有被警鈴嚇哭的。

在她眼裡，我是一個沉得住氣的人。

「誠簡單！若是我來考，我也會過。」她拍胸脯保證。

我問她要不要順便一起考？

「彼考試的字和圖我攏看無矣（我都看不懂），無法度考，而且警察講老歲仔毋免（不用）駕照。」沒吧？警察何時說過這樣的話？但我知道與她爭論是無用的。

隨便解決中餐後，我們回到監理站時還未開始下午場。她讓我試騎她的車，去開放的無人考場中練習，又經過分析，說只要練習超過三次，幾乎都會過。

那是我第一次發動她的車，才握住龍頭，我便發現事情不妙！

「阿嬤，你的車頭那會（怎麼會）是歪的？」

「嘐潲（hau-siâu），說大話！」

「著無正啊（就沒有正啊）。」

她堅持龍頭是正常的，沒有壞掉，要我再次跨上機車，由她扶著車身。舊型的光陽豪邁 **125** 很笨重，至少對我來說；車子要是轉彎時傾斜，十之八九我是撐不回來的。不禁想起，早上她盯著看的那幾個查某囡仔摔倒的模樣，我忍不住將自己的影子也重疊在上頭了。

她指揮著我進入考場，讓我抓好龍頭不要傾斜。很難啊，車龍頭本來就不正，如果要車子筆直前進，我必然得側身一邊，以一個奇怪的姿勢矯正龍頭。突然想起她剛才在路上疾行的模樣——竟是握著歪了一邊的龍頭？

她又指揮我轉彎，紅燈前停下。

該如何下場，催油門，似乎已經在她腦中模擬多次。看著早上那些查某囡仔和查埔囡仔的每一回，她都在演練著我上場的模樣。

練習第二回時，筆試時間接近了，我只能放棄練習，進入考場。筆試結束後，我在大廳的冷氣出風口處找到了她，她正蓋著花帽的帽緣，撐在塑膠椅上打著瞌睡。我知道她向來有午睡的習慣，早起去市場、下田，又準備早飯，已經消耗她太多體力；又在接近正午炎熱的時間，騎上一個多小時的路程來到監理站，精神當然不濟。

筆試通過的名單唱名後，正式到路考的考場上去。一群忐忑的考生並排而行，在考官的帶領下前往考場。她跟在人群後，因看不懂指示牌的路標顯示，不知方向。我朝摩托車的方向指了指，她了然於心，先行一步到摩托車擺放的車棚，還將車子發動熱好了車。

路考沒有編號，先鼓起勇氣的人，就可以先上場。

她雖然發動了車，但並沒有催促我上場。因為經她上午的分析，前三個幾乎都會失敗，然後跟在失敗的人的後面，也會失敗。所以她要我等待幾個成功過關的考生，跟在他們後面上場。我很想跟她說，能不能過關都是靠自己，與其他人無關，也跟考官無關。

她突然催促我上場，因為她看見前面一個男生順利過關，是好時機！

我牽車走上路口的斜坡，沒有發動車，卻也差點摔到。有種不祥的預感，望向再度趴在欄杆邊上的她，神色依然堅定，似乎所有的模擬都只差我的臨門一腳。她都安排好了，我只要驅車向前就好。

不料，第一次發動就不順利，連直線也沒有過關。

排第二輪再考時，她再度分析，早上沒有過的考生，幾乎都可以在第二次補考時過關，不用擔心。

我心底不安，很清楚知道自己是不會過關了。

果然第二次補考時，直接在直線的開頭就踩線，場內鳴聲大響。考官讓我原地轉彎出場，連考場的水泥地都沒踏上；還我補考單時，提醒我下週還可以再免筆試重新路考一次。

牽車出場時，眾人灼熱的目光看得我渾身不自在。她率先走了過來，沒有責備，只是哼地一聲說，那麼難，讓查某囡仔們都過不了，全部也沒過幾個，這政府真的是喔……她連同上午沒順利拿到駕照的女孩們的眼淚，一併出氣。

回程時，她依舊疾行在車陣中，我難以言語，只是氣餒又埋怨自己，何苦讓她來這一趟。她見我沉默，統整了她觀察整天的心得，首先抱怨那個考場太小了，直直的路哪有人騎那麼慢，還邊指向兩邊大路，「妳看，遮馬路偌大（這麼大）矣，哪有親像考試的遐爾仔狹（那麼狹小）。」她認為，一般馬路沒有那麼小條的路，考場設計一點都不合理。又強調，下午的考官跟上午的不一樣，太兇了。

她繼續罵著，風吹來她的味道，除了來時的複雜氣味，還有一路的口沫橫飛。考試失利的陰霾久久無法消散，但每隨她責問一句，心中挫敗也彷彿找到了宣洩的出口。那一刻，世界的規則彷彿由她決定，如魔術方塊打散重整。

即便有些無理又傲慢。

封肉

阿嬤有一個水泥土製的烘爐，每到年歲時節，都會出現在禾埕。烘爐裡添滿炭火，放上大鼎，裡頭排滿三層肉、雞肉、水煮蛋，最後鋪上厚厚一層蔥、香料，挨著夕陽徐徐燉煮。

她說那是客家人的封肉。

還年幼時，並不知道封肉的意涵。只是以為，年節祭祀用的三牲太多，如果不做成封肉，大量的肉品只能冰在冷凍庫，和不知第幾回的祭品一同冷凍。因此每次拜神祭祖完，她便會從倉庫裡搬出那座烘爐，開始生火燒柴。久了，封肉成了年節必備菜色。曾一度以為封肉跟新年紅包一樣，是必然存在的。

酒過三巡後，她再度搬出烘爐，將後院龍眼樹掉落的樹枝劈成小段備用，乾草捆成束，點燃放進爐內。待火星明亮後，將生柴交疊在上頭，確定火源穩定。她會要我蹲在烘爐前，用檳榔扇煽火，維持火的熱度，直到她將大鼎擺上。

三層肉簡單處理掉雜毛後，煎出油脂與香味。雞肉也是類似的步驟。接著是剝好水煮蛋，家裡養生蛋雞，因此雞蛋總會沿著鍋緣擺滿整圈；再切好蔥段，依序排進大鼎裡。

「阿嬤，好矣無（好了沒）？」火又快熄了。

她從廚房探頭，說聲快好了，又回頭繼續不知道在準備些甚麼。

燉肉的時間很長，調料的多寡都靠她的味覺。鹹了點就加冰糖，甜了點就加醬油，味道太淡就加米酒頭。唯一宣稱從不加半滴水。

封肉季節如果是冬天倒還好，但若是端午或普渡的月份，戶外太陽堪比爐火。有時候收完祭品臨近正午，烘爐置放在烈日底下，誰也不願意去顧火。我們幾個小孩拿著檳榔扇互推，眼看火星忽明忽滅，只好跑進廚房叫阿嬤。阿嬤忙著擦掉她頭上的汗，將外頭小孩都先罵了一輪，又再次蹲下身重新生火。

南國的夏日，格外漫長，即使星辰滿天，禾埕的水泥也不斷散發出整日未散的熱氣。

約莫燉煮兩小時，夕陽開始西斜，到了她固定供佛的時間。她點香祭拜，沿著三合院的每個門窗插上香，ㄇ字型的步伐圍著烘爐走，不忘盯著。不用開蓋，光聞鼎裡傳出的氣味便能確定，裡頭的封肉好了沒。

她走到爐火前，掀開大鼎的蓋子。醬汁正冒著滾滾氣泡，逐漸收汁，舀了一勺湯，試口味道。

「嗯，堵好（剛好）。」臉上掛著汗珠與笑容。

星夜降臨，終於吹來涼風，鼻息間充斥著封肉的香味。接著連續幾天的晚餐，都會有這道燙了又燙的封肉，直到肉塊與醬汁完全融合一體，最是精華，也就差不多要吃完了。

黏稠的醬汁，從時間的那端慢燉而來，走往歲月的另一頭。

成年後，三合院不再有成群的小孩聚集，也沒有人能幫忙看顧爐火，她也收起了烘爐和大鼎，改在瓦斯爐上封肉。瓦斯爐的封肉又吃了幾年，祭祀用的供品減量，也就不一定要封肉了。即使偶爾燉出一鍋封肉，也少有人吃，封肉一煮就一鍋，吃不完便成為負擔。

阿嬤晚年後，總會把封肉留在冰箱裡，炊飯時放一碗封肉在上頭；飯蒸好，封肉也一併熱好了。

封肉當作她唯一的主食和配菜，隨意應付了一餐。

養生之說，隔夜菜成為忌諱，尤其是冷凍裡那些早就不知是哪個年節留下的封肉。她一燙再燙，留我晚餐時，我看著那些覆熱過的菜卻步遲疑。雖委婉告訴過她不要吃隔夜菜，但那似乎違背她多年來的習慣。

於她而言，封肉不就是該這樣？

奉公王

一直都不太清楚，奉公王拜的是甚麼神。有記憶來，那是早於阿公時代就有的傳統。年三十，圍著村落四方的廣播器便會廣播：「今暗晡（今晚）十一點奉公王……」即使後來村長換了幾屆，類似的提醒都會準時出現。

年三十圍爐後阿嬤都會搬出一張大方桌，對準神明廳口，放在稻埕中央，上頭擺放著簡單的素果餅乾，還有一大捆的紙炮。對於平日被要求早睡早起的孩子們來說，三十守夜是格外讓人興奮的。無所不用其極讓自己醒著，說故事、鬼抓人、撲克牌……

直到聽到那聲——

「打紙炮喔（放鞭炮喔）！」

阿嬤的身影在水溝邊，朝著夜幕大喊，聲音宏亮。她一手執香，一手拎起紙炮，火星燃起瞬間拔腿就跑。我們一群小孩聚在廳下，摀著耳，害怕卻又忍不住從大人的衣角中，盯著四散迸裂的紙炮。

巨大的聲響震破夜空，新的一年正式開始。

但這個讓全村同時間放炮慶祝的神明，到底是誰？從何而來？始終沒有答案。起初以為，這位被全村人奉為神祇，虔誠祭拜的對象是「年獸」。年獸是神嗎？小學寒假作業最會百般不厭探討三大節日。公王與牠出沒的時間地點雷同，很容易聯想，而我所想像的公王也似傳說裡的年獸。至於為什麼需要清香素果祭拜，亦有人說，大概是怕年獸來了沒東西吃，找孩童下手，才要擺一桌供品讓其享用。又加之，公王拜完都要燃放紙炮，似驅趕般，將吃飽了的年獸趕跑。

「係敬麼个神（是拜什麼神）？」拿著寒假作業追問大人時，都未能得到明確答覆。

「拜就係了（拜就對了），該系（這是）祖先流下來个傳統。」

就這樣，公王是年獸的定論落實多年。

如此通紅亮眼的紙炮，全村齊放何止壯觀。我一直認為，那不是為了驅趕，是為了歡迎，或喚醒某種沉睡於地底的神靈。我生長的家鄉在課本裡被定義為左堆，舊稱「鏡庄」，可附近同為客庄的村落卻少有此祭祀習俗；以村長號召，全村齊放紙炮之景。

可惜，孩童的好奇不持久，隨著年齡增長，即使每年三十都還是得奉公王。但，祂，究竟是誰？已無人追究。

不得不說，阿嬤奉公王一直是很虔誠積極的，不等村長廣播，她便擺好祭品，子時一到，點燃紙炮，成為村莊裡的「頭香」，深怕神靈被拜走了似的。樂此不疲。長大後，對守夜沒有了興趣，奉公王也一如既往沒有新意，比起待在家裡，潮州年街更吸引我們。但不管孩子們是不是依舊簇擁在廳下看鞭炮，阿嬤依然喜歡搶先著奉公王，搶先著打紙炮。

阿嬤體力漸衰那些年，由爸爸主祭。一開始不耐阿嬤的催促，也會早早打炮，之後越發偷懶，聽見他戶打炮聲才匆匆燃香祭祀。幸好子時有兩個小時，時辰內拜完都算數。他亦不知所祭對象為何，只是依循著阿嬤留下的傳統，繼續拜著。阿嬤離世後，村裡老者亦諸多凋零，只剩某些小戶願意配合村長指令，在子時擺出祭桌，點燃紙炮。

我終於找到了「公王」。

文獻中，公王有許多來源說法，唯一不變的，是客家村落的守護神，非年獸，也非天公。

多年疑惑終解。

可如今，年三十子夜，紙炮再次打響天際時，卻已稀稀落落，不若幼年記憶般鮮明燦爛。或許，不久的未來，公王又將只會是書裡的一頁，頂著模糊的像，靜躺於歲月。

小品文〈奉公王〉獲二〇二一後生文學獎小品文組佳作

天公落水

午休被一場雷雨吵醒。

我跟她同時起床。

簷溝接滿雨水，順著鐵皮的波浪皺紋往下，形成一道小瀑布。佔據屋簷的四方。簷下曬著的衣物才半晌工夫，已經濕透。草屋的四面被雨水沖刷得直震動，裹著泥塊的薄牆裡依稀聽見被震碎的土塊。靠東邊的那面牆，已經脫落許久，裸露在外的竹片彎曲，綳不緊兩座侷促的居室。

她在門檻內穿雨鞋，聽著雨落的節奏，加快速度將褲管塞進雨鞋裡。頭頂不變，依舊包著花布和斗笠。

問我，「妳阿公矣？」

「既經先去矣（已經先去了）。」

那是交檳榔的第幾週了？數不清。印象裡從梅雨季節開始，到熱對流最旺盛的酷暑，都是交檳榔的季節。也是我們一家：阿公、阿嬤、爸、媽、妹、弟，有時還加上北部回來過暑假的堂哥們，耗上數個月的「家庭工作」。有些家庭人口少，作業時間得拉得更長；但鄉下有個好處——彼此換工、相互幫忙。

今天不是交檳榔的日子，只是檳榔期裡的日常。

暑氣炎熱，正處於旺盛生長和採收時期的檳榔最怕缺水。檳榔園主要是由阿公阿嬤打理。早晨，阿公都會先到田裡淹水，午睡睡醒後去巡田水，沒意外的話大概半日時間就能將六分的地淹好，週末再迎來新結果的檳榔。

可雷陣雨往往來得突然，阿公很難能在夏日的午後睡足一個午覺。

阿公前腳剛走，阿嬤就跟著醒來。

穿戴衣物時總看著落雨的天空，哀嘆著，哼唱著一首低淺的歌：天公哪落水唷……

有時雨來得太急，簷下衣物來不及收，她就大聲吆喝著我一起幫忙。她收下衣服，丟在我身上，直到我看不見前方的路為止。

夥房宗祠外是一座可移動式的天公爐，像是三腳架上頂著一片托盤，而那托盤也常因急雨積滿了水，從四個角的圓孔洩下急流，與屋簷的四角同步。她看著轉眼就要淹滿的天公爐，會喊著，「緊喔，落雨矣，天公收入來（天公收進來）。」

「就佢落矣（就祂下的雨啊）。」我回應，接著就是討打。

衣物掛在簷下打橫的竹竿上，左右打上結，就是雨天最好的曬衣場。但天公這會的雨下得有點大，潑濕不少衣物不說，年久失修的草屋也因雨水而沾上濕氣。地上沒有所謂的地磚，牆上也沒有油漆，居室裡，只有凹凸不平的水泥。水泥縫裡，藏著腳從外頭帶進的雨水。屋裡不用脫鞋，當然雨一來就更加泥濘不堪。

阿公走後幾年，家裡還採了幾回檳榔。

後來爸爸把檳榔園改成香蕉園。數年以來的「家庭工作」日結束了，暑假不再充斥檳榔的氣味和園裡的泥土，也終於不用在雷陣雨中來回看天公的臉色。

草屋在阿公離世前拆除改建，成了簡單的兩間磚房。作為夥房的「右護龍」是有些突兀的，可總歸方便。往後大雨縱使潑進簷下，也不擔心；地面鋪上地磚，牆面漆上油漆，都成了一種新的家的面貌。

不變的是，祠堂外的天公爐總會被阿嬤放在心上。

一落雨，她就會記得，「緊喔，落雨矣，天公收入來。」

阿嬤離世前，夥房又有一次最大的修建。舊瓦修補不易，考量經濟和住宅需求後，決定在屋簷上加蓋鐵皮；不美觀，卻是村裡多戶人家最便利的選擇。

幾年後，我們搬離夥房，各自成家。

「天公」不用再擔心落雨了，它被安然地置放在夥房延伸而出的鐵皮下。

經年往後，繼續聽著自己所下的，滴滴答答的雨聲。

小品〈天公落水〉獲二〇二〇後生文學獎小品文組佳作

花布與天鵝

工業風扇的聲音在角落嘎嘎響著，轉動的馬達有些吃力，散出的風含著夏日暑氣瀰漫在四周；室內擁擠，更顯得悶熱。風扇轉頭，剛好朝外，將室內的熱氣吹了出來。我抬起的腳步停頓，猶豫著是否真要走進。

那是間傳統布店。

老闆看見客人，從櫃檯底部冒出頭來，忙招呼著我們。

門外的布捆成直筒狀，排列在兩側；排不下的就挪到房子外左右兩邊的牆上，靠著，當門牌裝飾。走道有幾疊未歸架的貨品，外頭罩著塑膠袋，已落了灰；用麻繩綁成像禮物，卻被冷落在暗處。後來聽說那是要退貨的。繞過那疊布時，我低頭看，是素色的布，已被麻繩勒出痕跡。這還能退貨嗎？好想問。可我對上老闆的眼神後，她給了我一個燦爛的笑容；不明白她的意思，但已經打消我多嘴的念頭。

老闆跟她年紀相仿，一下就聊開，感覺到她們話匣子打開時，我有種不安的預感，自己會在這悶熱的地方待上比預計的更久。就在我垂頭時，她問我喜歡甚麼花色。

布店位於市場馬路旁，戶外呼嘯而過的機車聲讓人有些煩躁，額頭的汗終於因為受不了熱流過了脖子，往尾椎滑去，股溝覺得搔癢難耐，讓我不自覺踱步。

陳列在外的花色本就不多，我隨意點了一塊布。

她看著那塊黑底有星空圖案的布皺皺眉，說，遮咁好（這好嗎）？

我直點頭，說要放在舊房子的閣樓上，遮光用。

老闆怕做不成生意，連忙拉出櫃台後的抽屜。像是一整面牆，抽屜扁形，剛好能收納一款已經拆掉塑膠封膜的布。老闆一連拉出好幾個抽屜，觀察著我們神色的變化，從裡頭挑選我們可能喜歡的花色。每拉開一個抽屜，我就得閉一次氣，那突如其來衝進鼻子裡的氣味，是久置的塵蟎和灰。實在讓人不喜。

她問我要不要換。

我堅持不要。

對話中她終於也選好了自己要的布。典型的客家花布，又紅又綠的配色裡有一對戲水的天鵝。沒有任何遮光和隔音效果。她請老闆將布裁成所需的形狀，兩個大窗，兩個小窗，加上工錢，約定時間再來取。

老闆拿出大剪，朝測好的尺寸上一剪，餘光裡感覺視線突然灰濛濛了起來，本以為自己真的是熱過頭，要昏了；盯著剪刀走過布的每一寸時，才發現那是布上頭的灰塵，也或是棉絮。可那是剛抽出來的布，棉絮漫天實在不合理，我更相信是灰塵，就跟角落那疊準備打包退貨的布一樣。

老闆送我們走出店，一股沁涼的風撲來，我慶幸終於能離開這悶熱的地方。

再一次坐上她的摩托車準備回家。她車速總是很快，明明已是人家口中的老人家，摔過車腳不方便，還是常提著車速奔馳在馬路上。平日覺得坐在她後座是冒險，但從店出來後，像逃離似地，反倒讓人格外享受這股風。

這次買布，是為了剛落成的房子。

簡單的平房，沒有裝潢，只是將不堪住的草屋拆掉，用磚頭堆起新的牆面，隔成一大一小的房間。小的給她和阿公住，大的給我們三姊妹住。我們姊妹搬出夥房的右室，姑且算是有了獨立的房間。

窗簾布拿回來後，還得自己加工。

她蒐羅著家裡不用的電線，翻箱倒櫃，找了好幾條長短不一的電線，不夠長，還兩條接在一起。又在每個窗的左右兩角釘上釘子，把電線的一頭纏上右邊的釘子，接著將線穿過窗簾布上她特地請人裁出的如褲腰帶伸縮的空間；布一寸寸往裡頭推，直到線穿出窗簾的另一頭；最後將線綁在左邊的釘子上。電線不夠用，又找來鐵絲，都是家裡現成有的，不多花錢。

四扇窗，共八片布，對她來說是縫起了一個家的完整。

以前草屋的房子是沒遮布的，她覺得那樣不透光、不通風。新居的窗很大，她說我們房間都是女孩子，睡覺的時候有窗簾遮著，也會比較安心。總之她替我們的大房間跟自己的小房間一併添置同款窗簾。

我總以為窗簾遮的是屋裡頭的人，不是戶外的光；尤其是夏天，鬧鐘未叫，天明的光就已經惱醒了我。陽光刺眼時，盯著布上那兩隻天鵝看，晃著頭會發現天鵝成了黑影，跟著視線移動。

大掃除時她堅持要將窗簾拆下來洗。

洗窗簾很費工夫，不得不又只能重複著第一年裝窗簾的動作；先從電線或鐵絲上卸下八片布，洗好後，再重新裝上，將電線或鐵絲捲回。幾年下來，我發現鐵釘被我捲得有些變形，想將它重新釘過的念頭湧起時，才發現我們早已搬出老家多年，兩間房只剩她和阿公的那間有人在住。既然沒人住，也不用太在意窗簾有沒有裝好了吧？

這麼想時，已經胡亂地將窗簾裝上。

阿公走後，那間房就只剩她一人。

她依舊堅持大掃除要把布拆下來洗。不知是歲月太長，陽光太大，抑或是洗得過於頻繁，待我發現布開始有裂痕，她已漸漸行動不便。她亦無法像當初去買布那樣，騎著快車，馳騁在每一個自如的馬路上；行動受了限制，連日常用品都要人幫忙購置，更別說能指揮著我去洗那一片片的窗簾。

布開始虛掉了，尤其是放在西曬那一面窗的布，每次要拿去洗時，卸下來，就會棉絮滿天飛。原本就不太有遮光效果，這下我更懷疑這些布掛在窗上的意義；我越來越不喜歡打理這些窗簾，更覺得每年都重複第一年捆綁的步驟，很膩。

有了自己的房子後，她說要去買塊布讓我遮窗戶。

才不要紅配綠的天鵝。心底是這麼想的，但也只能用委婉的話回應她，話到嘴邊時，還是忍不住抱怨說她的窗簾很「難用」，清洗不方便。我說我要找專門的人去測量，直接買專用遮光隔音的窗簾布，多付一些工錢，可以讓自己省下大半的時間，何樂而不為。

做窗簾的師傅來了，拿來一本樣本書。各式各樣材質和效果的布被裁成方格，黏在歸屬於它的標籤下方，每翻一頁，就相當於布店裡的每一層抽屜；在方格裡想像著布攤成最大，罩著這個屋的每一扇窗的模樣。

翻頁輕鬆，不像在店裡既要忍耐炎熱，還得祈禱要跟老闆心有靈犀才能有機會快些選到喜歡的花色。師傅解釋每一塊我有興趣的布的價格和工序。我想要每個空間都是獨立有各自風景的，最後替四個窗選了不同風格的花色，搭配房內的配置和油漆色。

訂做果然省時省工，不用再自己埋頭扭電線。

做好窗簾那週，她問我窗簾的進度，我跟她說裝好啦，她一臉不信，我跟她強調現在做窗簾的效率都很快，不用自己去布店了。漫不經心聊著其他話題時，我還顧著她的房間；第一次動念，想著那用了十多年的窗簾布，是不是該換了？預算考量，隔壁房沒有人住就不打算換窗簾，只問了她自己的房間換不換。

不換。她這麼說。

不想自討沒趣，我也打消念頭。

做好窗簾後，家具大抵就位，第一次有自己的空間，格外興奮，每一處擺設都絞盡腦汁。每個空間各有不同功能的布；裁開的布，依照所需的設計重新縫起，便滿足了一個家的想像。

某日，那對天鵝的黑影在腦海裡一閃而過，我看著剛訂做好的深色、素面窗廉，覺得少了點甚麼。再次走進布店時，是我一股腦想替新的空間添置一些花色，換掉過於沉重的抱枕。

那是間新式的布店，很懂得行銷。

外頭的花籃車上擺著最新款的手工布包材料袋，接著吸引人目光的是花樣繽紛的絨布，還有特價區上花色齊全的紗布；材質還很好，讓人很納悶為什麼會被丟在特價區，這比那間老布店堆置在角落的那疊布，好太多了。

帶著期待的心情，走過電動門，冷氣瞬間降低了戶外的炎熱。原本被烈日曬得滾燙的皮膚，在穩定舒爽的空間裡逐漸冰涼；直到起了一股寒意，才發現原來店裡頭的冷氣開得那麼強，溫差讓人措手不及。回頭想到戶外的烈日，還是覺得待在冷氣房裡好，至少能悠哉愜意選購各種布。

突然又燃起想要幫她重裁一塊布、換掉舊窗簾的念頭。

思索著她可能會喜歡的花色。

店裡購物人潮不少，都在各自喜歡的分類領域裡，互不打擾。我走到分類是客家花布的領域裡；抽屜可以自己拉取，只要選定好花色請店員來幫忙裁切便可。

腦海裡出現當初那間老店的老闆，試探著我們可能中意的花色的眼神，可她的眼神在我的記憶裡卻是模糊的。那時她最喜歡甚麼花色呢？是最後挑選的那個嗎？我竟只記得，她一再問我為什麼要選黑底的布。記憶裡拼湊不起完整的畫面，只是隱約可見那對天鵝在光影裡晃動。

索性不想了，既然當初她選定了那款天鵝布，大概就是最喜歡那款吧。

可我幾乎拉遍整牆的抽屜，還是不見那款又紅又綠又有天鵝的花色。店員看我困擾，問清我的需求後，她皺眉，說印象裡沒有進過這款花色，並介紹我類似的客家花布顏色，又紅又綠，但就是沒有天鵝。

不得不承認，離開店是有些失落的。

想著有機會再去別家布店找找；畢竟這幾年手作的人多了，新型布店有跟著流行的趨勢。想著想著，又擱在了心底。那天裁回家的布，是自己喜歡的花色，用來做成隨身包。

後來在市場看見有人在賣尺寸不完整的殘布。說是殘布，其實就是店裡被剪剩下，可能已經無法滿足下一個客人尺寸需求的布量，將其打包起來，一堆一百元賣。

我選到適合換抱枕的布，遮小窗的布，還是沒有找到那塊天鵝布。幾次尋找無果，生活一忙，又遺忘了這件事。

再一次想起她房裡的窗簾布，是整理她遺物時。只剩她獨居的空間裡，沒有太多雜物，一些藥罐和日常用品，丟進垃圾袋裡尚不需幾分鐘的時間。很快地，她長年久居的屋，就一如當初搬進來時空蕩。初步整理完後，大概就剩下窗上的布是雜亂了。

我伸手拉扯，但才輕輕抬手，就發現陽光早已穿透了布。

我所知道的，卻一直都被我無視的那個裂縫，恍然間撕裂開來，棉絮在光照下緩緩飄散，從原本完整的棉線上脫落；與那時在老店裡看見它初次被裁剪開的模樣不同。

我深信光裡落下的不是灰，是它曾經有過的完整。

記憶猶如被大剪刀裁了開來，於我倆交集時縫成了一種模樣，再於她離去時，成了散落的棉絮。

我收回手，沒敢再動那塊布，只是凝視著布上的花色和天鵝，想牢牢記著。天鵝明明曾在烈陽下，於視線裡印成一塊揮之不去的黑影，如今卻成了我手裡即將化去的絮。

或許該回去那間老布店，再看看有沒有同款的布。

店裡悶熱不要緊、走道雜物凌亂不要緊、落滿灰也不要緊。走出門，拿著機車鑰匙時猛然想起，那時煩躁急著離開，老店的位置一直都不曾在記憶裡停留過……

散文〈花布與天鵝〉登於《文創達人誌》第86期

假黎山

她常指著日出的地方，說那是假黎山。

從三合院的正廳往後看去，天氣晴朗時確實會有一座朦朧的山，立於遠方。之所以說遠方，是因為真的不知道山的高度與從此地到山腳下的距離。只知道，每日的清晨，太陽都會從山巔上撒下金光，光暈隨著樹影晃動，透過正廳左右兩側的小玻璃窗，照往門戶。

正廳安放著神明，光束從神明背後散發而出，照亮甦醒的夜。進入神明廳，是她一日的開始。

村裡的人也都這麼指稱著太陽升起的地方，也有人不是說假黎，是說傀儡，但大抵都是類似的意思，指的是原始部落族群生活的山。我沒爬過假黎山，當然也不知道上頭有沒有他們形容的族群，只是聽著山腳下的人們，叨絮日常。

那山頭升起的太陽，賦予山腳村落的一日。

阿嬤很喜歡與鄰人坐在門前聊天，黃昏時搧著自己做的檳榔扇，漫無天際說起八卦。她喜歡說「頭擺（從前）時節」的事情，偶爾指著山頭，也說起山裡的事情。明明就沒去過所謂的假黎山，又怎麼知道裡頭的族群如何生活呢？但她總說得繪聲繪影，將裡頭的人形容得張牙舞爪，彷彿那是古老記憶中不斷被承傳的傳說。

高中之前，我不知道那座山除了假黎的名字，是否還有別名。大學之後聽說過屏東母親山脈，也無法將二者連接起來。母親山脈的故事，與我記憶裡的傳說不甚相同。再後來，知道那座山較為人知的名是——大武山，才從這關鍵字中尋找到更多山裡的傳說。

大武山下有條沿山公路，是我練習開車的道路，亦有許多村落。如我成長的村莊相似，人口不多，多數的人日出而作日落而息。開車經過兩旁山林的路，才發現原來真正的「山腳」離村還有一段距離，並不若她與鄰人說的那樣比鄰而居。

後來男友工作地點在來義，甚至更上端的古樓、丹林，那是真正依山座落的村莊。他常與我訴說部落孩子的學習和生活，有時遇到部落大型祭典，孩子集體請假，也讓他們頭疼。

他的言說，與她的傳說，不太一樣。

我如今的居住地也被稱作是大武山「山腳下」的潮州鎮，天氣明朗時能清晰地看見大武山的模樣。工作常居在家中，因熬夜習慣我亦很難早起，很少有機會看見日出的模樣；即使看見了，山脈也受高樓阻擋，沒有全貌。

替她守靈時，我才又看見了她說的假黎山的模樣。

凌晨四點，守靈交接，我從老家沿著打鐵和跳傘場回到潮州鎮。跳傘場有片廣袤的草原，雖說不上是無邊無際，但草原後延伸而去的稻田，拉長了山的倒影。陽光正要升起，與想像中的不同，沒有金光燦爛，而是霧濛濛的灰紫色，接著才逐漸轉紅，直到水中倒影變得清晰。

山和影在水田中甦醒，與神明廳前灑落的晨曦一樣，從假黎山山巔而來。

僅一瞬，似乎就跨越了時間，從彼時到了此時。

日昇，又日落。

彼時如此，至今依然。

輯三

繁華落盡

僅憑著我記憶裡的模樣，
她活在了那個屬於她的天方夜譚的世界裡。

給眾神的日記

阿嬤每天都有寫日記的習慣。

她目不識丁，連記起自己的名字靠的都是圖像記憶，即使如此，三十多年來，她從未停止過寫日記的習慣。或許更久——

清晨五點，沉香交疊著紙錢焚燒的氣味充塞在廳堂每一隅，與前一夜裡還未消散的灰燼雜揉混合，成為新一日的信仰。阿嬤總能忍受煙燻的嗆鼻，壓下拉基歐（收音機），安然地坐在籐椅上。和著「響經」的祝唸詞準時響起，用的不是紙、筆；而是歲月的雕刻刀，日日夜夜在牆垣鑿下無盡的祝詞。

對於祭祀，她有莫名的堅持。

以三為一個單位，以九為最虔誠的象徵。供品的數量，一定要有三種，每一種數量必須是三。早些年，飲料只被她歸納為一種，波蜜、舒跑、蘆筍汁……都算是一種，近幾年，她終於認可波蜜、舒跑、蘆筍汁也可以算成三種。她彎腰膜拜的次數也是遵循三跪九叩的儀式，即便腰已經無法彎曲，她膜拜的手仍是揮動三下。一下、兩下、三下，頭也跟著一下、兩下、三下，然後持續三個循環。

香爐裡的香枝當然也是三。

三合院的敞戶模式，讓每戶門外都有一個專屬的小香爐。紅布摺成捲筒狀，做一個類似袋子的基座，然後用黏膠固定在門邊卡榫的外圍。她堅信，這麼做可以庇佑行走、居住於此屋裡的人。

尪架桌（祭桌）上有一面牆的主神。在還將客廳當作書房的年紀時，我曾描繪過那幅「眾神圖」，長達一百八十公分高的圖像裡是一片別於人間的世外桃源，眾神以同樣的姿態位列其中，俯瞰著廳堂的角落，直至延伸而去的曬穀場。於我而言，裡頭的人物不是眾神，是我素描的靜物。

尪架桌的左側是將軍令，插著五支不同顏色的軍旗，代表著五個巡守的將軍。右側是公媽牌，從十四世祖開始記載。不若其他家族總是族繁不及備載，廳堂裡的公媽牌還空著一小塊的角落。阿公幼年失怙，跟著母親改嫁後也沒能被承認是屬於另一個家族的子孫，與阿嬤結婚後，也只生育三個孩子。在那個講求人丁興旺、枝繁葉茂的年代裡，我們這個家族的人口無疑是冷清的，不過阿嬤卻當成百人家族在經營。也許，在她目光裡，公媽牌裡也住著眾仙吧。

尪架桌的下方是床母，如安座在牆壁裡的鑿洞那樣，裡頭的石磨壁上卡著陳年的油垢，越靠近香爐的地方，越是明顯。祀奉近十八年的床母，在弟弟十八歲的那年本該功成身退。但阿嬤說，擲筊問過床母，床母決定要再留三年。

正廳裡的三個供奉香爐，加上廚房的灶神，戶外的天公，共有五個主要香爐。阿嬤認為那是家中的大爐，一定要香火鼎盛。尤其是過節時分，一尺三的香絕對是不夠用的，得換上能燒十二小時的兩尺大粗香。

平日裡，十二小時的香環是阿嬤計算祭拜間隔的鐘。早上五點點燃後，得在下午五點時接著點。冬日陽光落得早，因此上午的祭拜也會跟著提前。寒流來襲時，她依然藉著睡不著的理由，披著昏暗的夜色起床，緩步走到廳堂裡，點起蠟燭，壓下拉基歐（收音機），將十二小時的香環點燃，打開裝著肖楠木塊的塑膠桶，拿出淨香柴，放進淨香爐，撒上沉香粉，點燃——

跟眾神說的話，隨著縷縷而升的柔煙上達天聽。

她的信仰裡，從未有過質疑。

那些眾神、眾仙乘著雲煙而來，堆砌著她人生的一磚一瓦。

我們這些子孫們向來沒有耐性，在煙霧瀰漫的窄小空間裡，大家幾乎是不睜眼的，也實在是睜不開眼。尤其客廳後的龍眼樹總招來飢餓的蚊子，舉著香，佇立不動是對蚊子們的鳴鼓宣戰。因此，除了長孫不得不站在最前方之外，大家最常做的就是比較誰能離公媽牌最遠，那幾乎成為我們打發祭祀苦悶的一種心照不宣的遊戲。但阿嬤總能虔誠地凝望著前方，嘴裡唸唸有詞，倒背如流的對話從沒有我們插嘴的餘地。

她告訴祂們，關於我們的一切。

誰誰誰外出沒回來，誰誰誰要考試了，誰誰誰的工作近況……她都如實報告。阿公離世後，她「說話」的對象多了一個。總在結語時，說「順啊，你做主人，愛帶阿公阿婆歸來。」

打破習慣的那一天，是阿嬤截肢後。

祭祀的主持交到爸爸的手裡，不再是以三和九為祭祀的多數，他手裡握著大把的香，點燃的線頭聚集成堆，相互磨擦，那是爸爸眼裡的多數。他沉默地凝視著公媽牌許久，在濃烈的煙燻下似乎少了點甚麼。就在子輩們納悶時，他才緩緩地說，「今日掛紙（掃墓）——」之後又是一陣沉默。

爸爸的忘詞帶給大家偷閒的慶幸。

翌年，爸爸說的祝禱詞長了些，能簡單報上時辰與祭祀目的，也總能在我們憋盡一口氣前，講完，然後快速收香，一口氣插進香爐裡。祭祀的活動，在沉香燃燒前就能結束。

阿嬤的堅持不得不少了些。

多數的祭祀活動由爸爸主持居多，行動不便的她偶爾會撐著助行器站在一側，聽著爸爸天馬行空地唸祝禱詞，唯有在結尾時，她會叮嚀爸爸，「愛跟汝爸爸講，汝做主人，愛帶阿公阿婆歸來（要帶領祖先們回來）。」

大家收完香之後，回到戶外佔據各處。

這時，她總會不動聲色地撐起身體，離開輪椅。此時沉香與紙錢的灰燼在廳堂裡大肆喧鬧，幾乎掩蓋整個視線。她每一跨步，縈繞在身邊的餘煙宛若被人劃開，截肢的左腳上發出塑膠和螺絲摩擦的聲音。她必須吃力地將全身的力氣支撐在大腿的義肢上，踏過晨光般的雲霧，緩步前行。

那些寫給眾神的日記裡，是日復一日的習慣，也是年復一年的守護。

散文〈給眾神的日記〉獲二〇一九「吾愛吾家」散文類首獎

清清見彌陀

自小便聽她說，我是掛「佛珠」來出世的。

脖子繞了兩圈臍帶，如逃脫修羅的靈魂，帶著前世的糾纏輪迴而來。離開母體後，我反覆高燒，意識徘徊於陰陽間。她求神問佛，佛說緣分未到，此孩乃生於陰間，不小心落入輪迴，是不該出世的嬰靈；如今陰間父母找回，只是人情之理。她用了陽世的錢換了陰世的通行符，央請人開壇辦法會，不知跟陰間父母說了甚麼協議，終於將我從陰間父母那求了回來。

這段奇遇，成了她日後堅持禮佛的信念之一，並用因果之說、輪迴之理將我囚於其中。然而，醫學上這僅是臍帶繞頸，起因於胎兒在羊水中的擺動、踢打、玩鬧，若剛好在翻身時被懸浮的臍帶纏繞，便會如此。

不過，她更相信佛說的話。

村裡唯一一座佛堂位於最僻靜的林間，竣工於昭和六年，本祀奉三恩主，後改以釋迦牟尼佛為主神，成為村裡有別於王爺、土地公的佛教信仰。每年溽暑，便會收到一封來自於佛堂的批信（信件）。那是洗佛的日子。

佛堂離家不遠，走路便可到，但頂著烈日徒步仍是讓人躁鬱煩熱。她總是提著金香籃信步前頭，沿路遇到鄰人便家常兩句。十五分鐘能走到的目的地，在彼此的吆喝聲中，人群三三兩兩變多，目的一同。話匣子開啟後，她也會要我認人，但婦人們幾乎都包著頭巾，除了兩粒露在陽光下的眼睛外，五官都藏在牡丹的花布下。

佛堂的小路旁有排傾頹的圍牆，圍牆另端是乏人照顧的芒果樹和錯落的檳榔樹，蔓生的枝條在陰暗中纏成一片捕蚊的大網。蚊蟲肆虐，讓人難以停留。聽說更早以前這片樹林更茂盛，藤枝爬出圍牆，樹影詭譎搖晃，想前往佛堂只能循著前人踩過的路徑；被踩過的草地成為不毛之地，為下一個人帶路。

婦女們到了佛堂後各自散去，眾人禮佛的順序略有不同。有些人習慣先登記香油簿，選定午膳開桌的位子；有些人鋪好金紙，點燃香；有些人先與廚房總舖師打招呼，跟師父們招呼。她便是屬於最後者。

她與住持閒聊時朝著我揮手，我在樹蔭下接受著由她引來的目光，與來往的信眾和師父們打招呼。那時還年幼，根本無法辨認誰是誰，於我而言，師父們跟沿路遇上的婦女們一樣，都是婆娑世間的眾人。前者因剃光髮，穿著同色袈裟，又以相似的音頻祝唸佛號，在佛座前一字排開；後者包著花色頭巾，身上是早起在大灶前沾上的柴火和油煙味，在庭中舉香穿梭。

我常在人群中迷失她的身影，只能駐足在某個陰涼處，待她回頭尋我。等待時，總有人停在我面前，問我：多大啦？讀書沒？又跟阿嬤來洗佛喔？好乖喔，佛祖會保佑妳的。但除了看見庭中的信徒、廚房的廚工、寺裡的師父們，我並未真正看見過佛。

點好香後，她終於回頭找我，將我從陰影處招出，把手裡的香分出三枝給我，領著我來到佛像前。佛的坐姿各有不同，眉眼神色各具風範，但我依然分辨不出。唯一吸引我目光的，是進佛堂前，廊下擺放的一座小型石盆。那是只有在接到來自於佛的批信這天，才會擺放戶外供人洗佛。

蓮花綻放在石座中央，上頭站著一尊泛著金光的佛像，接著小湧泉，水順著湧泉在石座下漫流。跟坐在花果香中的佛實在不同，我驚呼，朝著蓮花盆上的水流伸出手指，「阿嬤，祂佇咧洗身軀（祂在洗澡）耶！」她連忙喝聲，將我手指頭藏下，「囡仔人無大無小，袂使（不能）用手腫頭仔（手指）比佛祖，愛用手拜。」

那也是佛祖？我心底冒出疑惑。

還未得到證實，我便被她拉進堂內，對著印象中真正的佛祖跪拜。仰起頭，三尊佛像半瞇著眼，似凝視著眾生；我好奇佛祖的眼裡有沒有自己，彎下身想去探個究竟。她見我又分心，敲頭，問我拜到哪裡？

她有一套跪拜儀式，堅定不移。

不知這信仰從何而來，記憶裡，她總要我對著眾多佛像、神像行三跪九叩大禮——合掌，跪，磕頭，手指捻出蓮花，拜，起，合掌，磕頭，手指捻出蓮花，再拜。這僅是一跪三叩。不知道這儀式有甚麼意涵，她要我學，我便學；若見我遲疑，她便會強調我是掛著佛珠出世，是佛從陰世帶回來的孩子。

「觀音菩薩也是嗎？」

「是，莫囉嗦。」

「三山國王也是嗎？」

「是，莫囉嗦。」

「土地公也——」

「莫囉嗦，緊拜！」

於她而言，婆娑世間能讓她祈求平安、安放信仰的都是佛，亦是神。於是我便在她一回回的喝令下，跪拜無數神佛。（許久後，我才知道佛與神不盡相同，但她是不接受這一套說辭的。）

戶外石蓮花座上的佛像與堂內不同；立姿，半身浸於流水中，高度恰巧與我的身高平齊。趁她不注意，我又好奇直盯著立像許久，想窺探其與堂內佛像的真假。我從未在那佛身上窺探出甚麼，只是好幾次專心注視時，便會嗅到一股清香；香氣緩緩流進鼻間，隨後進入身軀，在體內蔓延。

她發現我又無禮了，趕緊將我拉開，指導正確洗佛的步驟——先用木勺舀取池裡的香湯，將香湯自上而下，淋在坐浴於蓮花石盆上的佛。嘴裡反覆持誦南無阿彌陀佛，接著將香湯淋於佛像右肩、左肩，最後在佛身上繞一圈。我忍不住露出質疑，她依舊信誓旦旦，可從住持的目光中，我隱約知道這步驟是錯的。

住持捻著佛珠漫步而來，合掌說了一句很難理解的話。

我今灌沐諸如來……

我那時還未識字，她聽不懂經文，當然也無法翻譯住持所唸，她以為是少了那項重要儀式——於是她又叫我在洗佛像前跪拜。所幸那時等待的信徒眾多，她只讓我跪拜一輪便罷。不是三跪九叩。起身後，她用佛堂準備的袋子裝了一包香湯。說是保平安用的。

原來做了那麼多的儀式和步驟，是為了換取這包香湯？我不禁如此想。不得不說，炎夏中，黃澄澄的香湯確實能撫慰浮動的心靈，大汗淋漓後，冰涼香甜的湯水，被視作是一種冷飲。識字後，我曾問住持那是甚麼飲料？哪裡買？住持笑得無奈，說那是佛水，保平安用的。

「來拜拜就有嗎？」

「要洗佛時才有。」住持說。

我疑惑，儀式跟步驟，原來不是為了換取香湯的。那是為了甚麼？課業繁忙的年紀，她還是會找我去洗佛。可隨即想到又得在烈日下走在熱烘烘的柏油路上，經過滿是蚊蟲的圍牆，還要在眾人的注目中對著佛像跪拜……腦海開始沙盤推演起推託的說詞。她邀我不成，便只能獨自前往，回頭時又帶回了一包香湯，說要保平安。

香湯放在整日未曾動筆的自修上，心底難免有些愧疚。

家裡也有佛堂，那是一面曾被我拿來當寫生靜物的佛像牆，也承載著她每日的信仰。腳骨尚健朗時，她總將佛龕打掃得一塵不染，點燭、焚香，將清香插在每一個神佛可能出沒的門戶上，坐在被濃煙燻黑的籐椅上，聽著響經，吹熄蠟燭前，最後再進行三跪九叩的儀式。恍然發現她不再例行跪拜時，是她的雙腳已不堪負荷，只能以彎腰鞠躬，代替跪拜。於是她更希望我成為她的替身，替她跪拜她所信仰的佛神，也說是為了我。

再一次讓她伏膝而跪，是我因失戀而心身憔悴。她在佛前跪下，身形堅毅，相信佛可以招回我無法附體的魂。佛再度告訴她：緣分已盡。她誤會盡的是我倆祖孫的緣，又哭又求。佛說，我只是被男鬼纏身，惹了不好的桃花，化了符水喝下便好。我已成年，粗略懂得信仰與迷信的一體兩面，也知道過去所拜諸神眾佛其實有別，我甚至懷疑那次請來的到底是佛祖、觀音菩薩，亦是其他?可於她眼裡，神佛無階級、無分別，放諸四海能救贖苦難大眾的，就是佛，亦是神。

我恍然大悟，原來那些她所堅持的儀式或步驟，只是為了能離佛更近些。就如某次隨她進香，她堅持要走到佛殿的最上層，我仰望長階，心裡打了退堂鼓。跟她說，即使長階再高，也無法看見真正的佛，不如就在第一層拜就好。但她堅持，能靠近一點，便要靠近一點。

在她的注視中，我喝下符水，假裝爛桃花已經隨燒化的金紙四散。她問我人有沒有好一點，我恍惚點頭。在很多年後才理解，捆綁我的不是爛桃花，是自己；救了我的也不是神佛，是她始終相信我倆祖孫有緣。

一切的塵埃落定，就如同那碗沉澱著焦灰的清水，是一種庇佑；而庇佑，來自於香湯、符水，更多的是她。

她再也無法跪拜時，是左腳截肢。本以為她會放棄追隨神佛的執著，怪罪神佛庇佑無效，不願再進佛堂，不再拜村頭村尾的土地公；可就在她傷口復原後，她學會裝上義肢行動，又在神佛所在的地方，重現身影。

剛癒合的傷口無法適應義肢的僵硬，新長的皮肉來回摩擦，直到習慣生活裡將伴隨著些微疼痛後，她邁出的步伐才逐漸穩健。

為配合義肢，右腳也換上素色的軟布鞋。動作順序是這樣的——起身坐在床緣，先在截肢患處套上絲襪減緩摩擦；穿上義肢，義肢的長度幾乎包覆整條大腿，坐下時，左邊的臀部貼在義肢外緣而不得不提起。接著替右腳套上跟義肢同款的軟布鞋，將身子撐在ㄇ字型助行器上，起身，緩步前行……

去禮佛前，她依然會自己打包好所需的金紙和香，掛在助行器上，一步步走到電動車旁，坐上。拿起車籃裡遮陽用的帽子，將空間留給金紙和香。發動車，繼續未完的行程。

她再度禮佛，用更虔誠的步履。

過年走春時，我與她一起繞著村頭村尾祭祀眾神諸佛。雖然迎春時氣候和煦，但對於一連串的跪拜儀式還是讓人排斥，佛堂也因此被我列在不一定非得前往的選項裡。她依然故我，就如堅持爬上佛殿的長階般。駛著電動車，轉進佛堂的小路裡。圍牆內的果樹枝條依舊蔓生，遮蔭著半邊烈日。她的影，在日光下洩洩晃動，於樹葉層層疊進的光源中，彷彿即將消失在前方。

住持又換人了。這幾年聽說有些利益和個人因素，初一、十五來佛堂禮佛的人數不如以往，連每年發送至全村的洗佛請帖，也石沉大海。來祭祀的人，只剩熟面孔，而且越來越少。那是一種說法。可其實更讓人相信的是——歲月凋零了年華，同時還有陳規舊俗及信仰。

又幾回春秋，她已無法用義肢行走。

洗佛請帖安靜地躺在桌上，漫上些許灰，即將成為一個無法履約的承諾。她不懂字，但看著請帖上熟悉的圖案，也清楚那是來自於何處的邀約。我問她要去嗎，我可以用輪椅推她去。她沉思片刻後，黯然神傷，說佛堂現在的新住持都不讓人進去插香，直嚷著不插香不靈驗，不去了。

我何嘗不知，她早已在心底捻著一炷香，請天、請地、請神、請佛。

病榻前，我終於知道她為何堅持走在禮佛的路上，還有那套儀式從何而來。

她說，她有一個小阿嬤，是佛堂的信徒。除了己身依循入世的婚嫁之俗，小阿嬤的虔誠已超出凡塵，於佛前放置一生信仰。每逢初一、十五，小阿嬤就揹著她涉過溪水，來到隔壁村這間不起眼，藏於林樹後的佛堂。緣分使然，小阿嬤帶她走過的那條路，也成了她婚嫁後的歸宿。小阿嬤因此在她心底鋪出了一條明路，燃成一種信仰模樣。她遵循那條路走，直到有日，捻成了屬於她的信仰，而她希望這盞燃於佛前的燈，能繼續光輝照耀。

小阿嬤離世前，換上最喜愛的旗袍，彷彿知道那日何時降臨，平靜無畏地躺在床上，捻著佛珠，直到佛號停止。

清水潑落地，清清見彌陀……

她哼起小阿嬤唸的經文，查無經典出處，卻深深烙印在她記憶中。閉眼，好似真見到她所追尋的小阿嬤。她再也無法下床，身上摸不出一塊完整而有彈性的肉，只剩瘦弱的骨。身肉彷彿一夕間將化於天地，與恆河沙數的漫天星辰同行，於婆娑世間消亡。

她跟我要了一口水喝。那是她即將遠行的前日。

我扶起她僵直無法彎曲的身，墊高枕頭，遞上插著吸管的水杯。她啜著嘴探尋杯中吸管幾回，我才發現她並未睜眼。我將吸管送到她唇邊，擱著。她嘴唇乾裂滲血，好不容易含住吸管，卻連喝水的力氣也沒有。終於吸上一口水，呼吸停滯片刻時，力氣一洩，原吸進她嘴裡的水帶著血絲順著吸管又流回杯子裡。試了幾回，勉強飲入些許。她重新躺下，回到原本僵直的姿勢，滲血的唇很不明顯地開合著，也或許是我看錯了，她早已熟睡。在她唇上塗抹治療乾裂的藥膏，也不知有沒有效果，她亦沒有給過我回應。

關上房門前，我在門口凝視她片刻。除了呼吸的起伏，身上沒有半點動靜。我凝視她的唇。有沒有在動？不是很確定。她是不是正在默唸著經文，就如同在她記憶裡成為信仰的小阿嬤？

頭七法會時，領經師父穿著袈裟，捻著念珠。他看見擺放在靈前的軟布鞋，問了句，肉菩薩生前也是佛教徒嗎？並解釋很多女居士都穿那樣素色的軟布鞋。我無法應答，腦海裡浮現她唸佛一聲，禮佛一拜的模樣。

是不是佛教徒？沒有定論。

滿天神佛，聖號百千；是神、是佛也好，菩薩也罷，肉身亦然。她用了她唸佛的方式，真的唸完了她這生的佛。

過進金的三朝功德法事後，又是一年一度的浴佛節。很不巧，適逢疫情，請帖說明洗佛活動取消，鼓勵居家修行，迴向眾生。

收起那個與神佛的信約，我又想起她吟唱的那句經文。

清水潑落地，清清見彌陀……

往後的日子裡，我或許也會踏上她禮佛的路。不一定是三跪九叩禮，也不一定擺上祭品花果，更不一定手執清香、手捻念珠。或許只是一個合掌，一次停佇，一眼執著，便是心靈歸宿。

就如同她一生的信仰，不在佛堂，而是在靠近佛的路上……

病院年輪

隔簾被人用力揭開，唰地一聲像是扯破夜幕，讓晨光兀自闖入。

「這是阿嬤早上的藥、飯後的藥，要分開知道嗎？」熟睡在陪病床上的我被叫醒，從護士手中拿過一次性的塑膠量杯。藥丸碰撞，我點頭，護士卻皺眉，「小妹妹，只有妳嗎？還有沒有其他大人，妳真的會記得嗎？」她再一次詢問。我依舊點頭。她仍不放心，說等等配完藥之後，會再來看看阿嬤吃藥沒。

阿嬤躺在病床上，精神還不錯，聽懂護士對我的質疑，誇口說，「放心啦，阮琳啥物攏會（甚麼都會）記得，伊誠厲害，我會記得食藥矣。」這時護士正在她的手臂上，尋找新的注射點，換下即將到期的軟針。護士扎針，她只是覷了一眼，然後纏著護士問，醫師甚麼時候開始巡房，她要跟醫師抱怨開刀的地方太痛。護士讓她稍等，轉身拉開隔壁的簾子。

陽光穿過我們，透進另一片簾，病床上是一個肥胖的中年男人，尿袋掛在欄杆上。陪病的家屬是他的母親，瘦弱駝背、皮膚乾黑，比他還像病人；簾子被揭開後，她揉揉被光亮刺激的雙眼，從病床下方露出頭來，一樣是接過護士的藥，然後朝著光源處跟我們打招呼。

接著噪音與光亮陸續吵醒隔簾後熟睡的人們。有些人早就醒了，但隔簾遮著光，即便是醒了，也是窩在床上繼續打瞌睡。

護士離開我們這間病房後，四床的隔簾都已被拉開，收束在牆邊。有人打開牆上的掛壁電視，那是病房裡唯一能瀏覽戶外風景的窗口。接著病患跟家屬拉著各自的點滴，或有拿著尿壺走往廁所的，都會在走到電視機前，禮貌性地點頭問候。那是眾人目光交集所在。點頭後，目光遠離電視，回到病房，開始窸窣交談起來，聊著昨日睡前未說完的話。

這是病房一日的開始。

在我十歲時，阿嬤開始頻繁出入醫院，病不大，有時候是照胃鏡，比較嚴重的開刀是換掉膝蓋的軟骨。她說自己年輕時太勞碌，才會導致晚年容易腰痠背痛，腳也不靈光。

身體只要一有不舒服，她就習慣性依賴打針跟開刀；彷彿不劃開皮肉，看看裡頭作怪的真是老化的筋骨，還是虛驚一場的心理作用，是不會罷休的。一支支針劑如安慰劑般發揮作用。但可能是如此常態打針、開刀，西藥吃得太重，胃病反而纏綿無法根治，三不五時就要進醫院一趟。

她常態住院時，家裡主要經濟的來源在爸爸身上，雖然跟著阿公一起做農，但阿公也年老，體力的工作只能他一個人攬著。媽媽負責打掃家裡，照顧兩個幼兒園的妹妹，也沒有多餘的精力。我被當作是家裡最「清閒」的那個人，陪病的工作也就理所應當在我身上。

跟著她出入幾回醫院，我已經摸透醫院各樓層出入的人，也清楚哪裡有陽台曬衣服、垃圾房和茶水間在哪。有時遇到第一次來住院的病患和家屬，我還充當指路的人，詳細告訴對方，甚麼時間點買飯最好，去哪間買，垃圾要倒哪之類的。大人們見我年幼，紛紛誇讚，覺得我懂事。她也就在眾人羨慕的目光中，揉著我的頭，強調著，「阮琳琳啥物攏會曉（甚麼都會）。」在醫院裡，我就是她的「家屬」，雖然還不能簽字，但作為與家裡人聯繫的橋樑，是夠了。

隔壁床的老太太這時起身，替兒子把尿壺拿去清洗。兒子抱怨光太亮睡不好，她拉起隔簾後自己下樓到清粥小菜店吃了早餐。遇到我，又問了一次我幾歲。十歲。那阿嬤幾歲？六十歲。比我年輕耶。她說。

各床的病患、家屬混熟後，會開始詢問家庭成員近況、家住哪。如果遇到同鄉人，又操著共同的語音，便聊得更起勁。當時年紀小，又因為哮喘的關係容易乾咳，且是小聲又難以間斷的那種，便常成為大家的話題。

忘了是哪次陪病住院，有某個病患拿來自家祖傳秘方，說能治咳嗽。於是大家吃著護士送來的藥的同時，我也吃著別人從塑膠袋裡挖出的、不知名的藥粉。藥粉沒有醫囑，只有叮囑。夜裡我開始咳嗽時，便會有人揭開隔簾說要把水分給我喝，阿嬤總會感激涕零地收下，將藥粉挖出尖尖的幾湯匙。病房裡，彷彿真正生病的人只有我，在數道目光中服下比護士送來的小量杯還要多的量。出院時，她收下病患給的藥，在每個晚餐過後督促我到她房裡服藥。

國中後，課業加重，她依舊習慣性進出醫院，仍然是我去陪病。當初幼稚園的妹妹們已經到了我第一次當「家屬」的年紀，但大人們說，她們太小，才不過十歲，再加上當時弟弟不滿三歲，家裡依舊沒有空得出手的人。

我再度陪她進出醫院，在手術室外捧著下週月考的習題，沒能背進半句。

麻藥退後，她在病房裡唉聲嘆氣，除了眼前的我之外，所有相關的、不相關的人都被她罵了一輪。醫師下刀太用力，護士打針找不到血管，媽媽魚湯煮得太鹹……

皮肉上的疼痛像是一面鏡，映著他人，也映著她自己。

妹妹們到了國中的年紀時，她又進出醫院了，仍是我陪病。這次的理由是，因為我懂事，甚麼都會，也能很清晰地傳達醫師和護士交代的事項。於是乎，我帶著學測的試題本，窩在陪病床上，繼續聽著她用閩客夾雜的語音，喊著疼痛。發現我無動於衷後，她翻身臥床，出現了咿咿哼哼的呻吟。

同病房的病人與家屬，不再如我十歲時遇到的那些，他們認為我年紀夠大，有足夠處理狀況的能力，便指揮著我去護理台找護士。該討甚麼藥，怎麼討，他們比我還有經驗。

接著一片片隔簾拉起，僅有手機的響鈴和細微的交談聲從簾下的縫隙鑽出。

我能簽名之後，她的檢查單、手術確認單、麻藥注意事項單上，都由我當家屬。醫師巡房時也會直接與我說明她的病況，留下醫囑。有時醫師為了哄她，會稱讚她有一個懂事的孫女；但我知道那並不是稱讚我，是為了安慰她。

她年紀更大後，病況更加複雜，已不是一次照胃鏡就能找得出病症。難以對症下藥，只能反覆檢查。她在床上反側難眠的時間更多了。有時打了幾次抗生素，突然好了就出院；有時併發其他症狀，又重新進了手術室。

已經記不得她那次住院是甚麼原因，只是一樣纏綿在病床上，吃飯、吃藥、上廁所都要人半哄半騙；邊喝著沒有鹹淡的魚湯，邊嘆氣，又搖頭。幾回下來，我也懂得避重就輕，不去問她哪裡不舒服，只是告訴她，這些事是生病的人該做的。她見我不問，便假裝著已經有人問過了，然後回答：人老矣，就是無路用矣（沒有用了），藥仔也無效，閣無胃口。

沒胃口的事情好解決，請醫師調整用藥就可以；但真正讓她難以下嚥的，不是眼前的魚湯，是逐漸衰老到已經無法自行癒合的身心。

她的低氣壓凝塑成一朵雲，黑壓壓地布滿在隔簾內。自從掛壁的電視無人觀看，逐一撤下後，也就更沒有揭開隔簾的理由。除了護士配藥與醫師巡房，簾裡只有昏暗的光、她，與我。

陪著她整日的壓抑，我亦情緒很糟，等到晚間有家人探病後，才終於揭開隔簾讓更多的人進來。家人來後，我會離開病房散步，可往往沒走多遠，又被叫回。理由是阿嬤要喝水，而水杯裡沒有水了，他們將水杯遞給我；沒有人能解決水從何而來。

茶水間的指示燈，在眾人眼裡，並沒有作用。

我高中住校後，她也出入過醫院。家裡人打電話來告訴我她住院了，我應答知道了，並沒有接話。我該關心或詢問，誰會去照顧她嗎？大人們認為我叛逆期到了，也就不勉強我去醫院，只是投射出很明顯的疲累和失望，讓我自省自己的不懂事。沒有我去的時候，就只能阿公去了。

某回我下了課，校車停在屏東轉運站，我本該搭著往南的客運回家，可眼看著車子開走，我沒有上車。在轉運站坐了一陣後，徒步朝著醫院的方向走去。

不論白日黑夜，病患和家屬們不再拉開隔簾串門子，而是各自蜷縮在自己的空間，打盹、看報、滑手機。健保房是四張床，便有四片隔簾，或是更多；想要尋找她，只能按著對應的床號數字。

我拉開簾，走道的日光燈照入。

病床上的她精神尚可，應該是被疼痛鬧得難以入睡。陪病床上的阿公坐著就睡著了，身體在床上搖晃著。她見到我，揚起笑容，問我怎麼有時間來看她。

明天學校放假。我本該這麼回答，但沒有。

我工作之後，阿公已經離世，沒有人可以與我輪替；但當我接到她住院的消息時，仍沒有問：有人去照顧嗎？

讓人覺得荒唐的是那次。她半夜在家跌倒，喊得鄰居都醒了。送到急診後，醫師判斷可能有骨折，要安排手術，X光片出來後，卻發現骨頭完好無缺。她仍喊著痛，如同以往那樣咿咿哼哼，卻說不出到底哪裡在痛。醫師安排簡單的檢查後，決定先觀察再說。

那次是爸爸親自陪病。隔日又安排幾項檢查，再隔一日，醫師看著報告仍舊沒有頭緒。病床上的她，喉嚨已經喊啞，陪病兩天的爸爸顯然沒有入睡，雙眼腫脹，耐著脾氣要她好好說，哪裡痛，怎麼痛。她指著左小腿，醫師觸診數次仍未見病症，只能開止痛藥緩解。

再兩日，病症終於顯現了，是組織壞死。

醫師說必須開刀截肢才能保命，她一聽，原本的呻吟瞬間放聲大哭。手術結束後，醫師拿著切下的組織問家屬是否要拿回？我想起她哭著喊的那些話，說老了死了後，身體都不完整了。後來爸爸決定讓院方處理掉，安慰她，醫師會讓治療師替她做新的腳，「那個」舊的、壞掉了，不要了。

那次住院，足足用掉了健保的住院額度。此後她很少再吵著要去醫院看病，有時胃痛，就在家裡拖過一天又一天。說也奇怪，突然就和醫院斷了緣分，不再往來了。

直到她更晚年，因為昏厥和食慾不振，才又進了醫院。食慾不振當然可以吃藥改善，但時好時壞，到了後期，在飯桌上直接將吞入的飯嘔出來都是常見的。

必須要住院了。我們這麼跟她說。

那次住院也是查不出病症，甚至出現幻覺。幻覺是在麻藥退之後開始的。醫師建議她裝人工血管能省去未來頻繁打針跟找血管的麻煩。在無法「對症」下藥前，只能這麼做了。

麻藥退後，幻覺反覆出現，她逢人就說有鬼推著鐵車，上頭插滿針。有些胡言亂語，加上頂著一頭因臥床而凌亂的頭髮，說的話更讓人難以相信。我推測，她說的鐵車和眼睛很大的鬼，應該是護士半夜巡房吧？但縱使我們跟她解釋，她仍比劃著鬼的模樣、鐵車的大小、針頭。

尤其是針頭。

區隔四方的隔簾被她扯下數回，因為上頭有針。她又指向自己的衣服，說上面也有針，扎得很痛。她的衣服通常都是花紋鮮艷的，我想是顏色或圖案刺激了她。因為拉扯劇烈，護士只能先將她身上的針管和點滴都撤下，註明時間，等著交班讓下一個護士負責。

身上都沒有儀器後，她把眼神放到了被子上。

我順著她的目光看，還好被子是素色的，沒有花樣。可她卻開始摳起被單，神情執著，我伸手想阻止她，免得指甲掰壞；便是那時，我看見她的手臂上已經被針扎得看不出皮膚的顏色。紅腫發黑，布滿瘀青。那是從入院以來，反覆尋找血管被扎出的痕跡。

記憶裡，出入醫院數次，每回護士找血管時她還會幫忙畫線尋找。護士開玩笑說她的血管不好找，她也很熟練地說，那叫妳學姐來啊。她知道，一個護士背後，有很多學姐。

她伸出手臂讓人扎針，從未縮手或閉眼過。

我便一直以為，她很勇敢

如今想來，或許每一次的住院她都是害怕的。看著自己的身體不如以往，是多麼讓人無所適從。

醫師查無病症，又見她瘋瘋癲癲，只能會診精神科。精神科來之後，本判斷與麻藥有關，可因麻藥已退去多日，也只能先開鎮定劑的藥。還未等到藥來，她再次失控，大鬧病房，四周的隔簾成了關押她的地牢，透不進半點光。同病房的患者跟家屬幾次抗議，將各自的隔簾拉得更緊，護士也沒人敢再靠近，我們只能幫她辦理出院，想著聽天由命了。

回家後，她情緒恢復穩定，奇蹟似地不再喊痛，不再嚷嚷著有鬼。只有偶爾看見有條紋的衣服，會說有針，叫我們脫下。還好，衣服脫下她就不再執著了。這情況大概一個月之後好轉，回診後，醫師只說奇蹟，開了常備的胃藥。

最後一次住院是在那之後的半年，冬日。

醫師終於檢查出原因，是大腸癌，幸好只是初期，體力好點會安排手術，之後搭配藥物就可以。畢竟年紀大了，不要太折騰了。醫師說。這樣的治療方針也獲得我們家屬的認同，打算以最小的治療，保留較大的生活狀態。可她在經過一連串因為檢查的斷食後，喪失進食能力，醫師開藥，也用營養品輔助，依舊只能勉強維持她的生理機能。

那次在病床上，她不再吵鬧，也不如過去低聲呻吟引起注意，而是跟我說起「頭擺時節」的事情。她開始從她出嫁前還是細妹仔時說起，如何過溪來到現在的家，如何養兒育女，又岔題說起她養過的每一條狗。

她細數著記憶中的每個片段。

我問她，我把她說的話寫成故事好不好？她沒有正面回答，也或許沒有聽懂我說的。只是拿著我遞給她看的得獎獎牌，好奇問有沒有錢？我說有。她便同意了。說最多的是她阿公後來續絃的小阿嬤。那個年代，病院不是臨行前的依靠，因此小阿嬤在知道自己不久於世時，將自己打理得乾乾淨淨，換了新衣，選擇在最熟悉的地方告別。小阿嬤對於死亡的接受和坦然，成為指引，停留在她的記憶中，直到她遠行彼方。

春天甫至，她如她的小阿嬤那樣，在睡夢中離開了。病歷上冗長的註記，成為年輪，歸檔在病院中。她也終於結束了一世的藥物依賴，走回了安心的所在。

從那遠方傳來的話

看了眼時間，已過中午，緩緩翻動身，夢境的一切似乎還未走遠，耳邊仍殘留著某些混亂而不明的聲音。

下床梳洗，便是一日的開始。

打開筆電，手與腦袋機械運轉，有時敲擊鍵盤的速度比即將架構起的文句還快。已是直覺反應。打上「全文完」，儲存檔案，郵件送出；幾乎是同時間，編輯傳來新的大綱，附上一紙新合約，一切都在計算好的時間裡，沒有遺漏。故事大綱開頭就是一場殉情，女主角為他人跳海，男主角則為她跳崖。很想回覆這情節太狗血，難以發展成故事，又要求是有血有肉的愛情故事，太荒唐，電子郵件的字打了半行，停頓，又刪到只剩開頭問候語。最後回覆：已收到新檔案，感謝。

鍵盤聲音的起落很規律，如機器般製造出「不掛名」的網文，拿錢了事，便是我的日常。每一段無法掛名的故事裡，都有我所熟悉的人。就像是種魔咒，一次次喚醒那個曾躺在涼蓆上聽故事的自己，跟著她特有的音頻，去到比愛麗絲所遊的夢境還要遙遠的天地。

我如此著迷創作，起源於她。

幼年時的每一個夜晚，她的聲音都用同種方式降臨，又以不同模樣離開。她說的故事很老套，往往沒有伏筆，好人壞人壁壘分明絕不同流合污。聲音先在豐腴的肚皮上產生共鳴，接著在銀色的假牙間洩出，吹向大型工業風扇，與拍動在我背上的檳榔葉扇是同一個節奏。身下的木板床有點硬，被還未沉睡的自己捂熱。

我翻身，她聲音便停下，待我找好姿勢，聲音又繼續。

賣香屁喔，賣香屁喔，來買香屁喔——

學著人物叫賣的聲音太高亢，我再度翻身，她放低音量繼續說。

頭家啊，你這香屁偌濟（多少）錢啊——

迷濛間，以為她在問我，我囈語回應，她無視，繼續跟故事裡頭的人對話。

免錢喔——

她很少回應我現實裡的疑惑，只跟我夢裡的愛麗絲對話，目的也只有一個：哄我入睡。

我有時驚醒，聽見的是昨夜已經死去的黃狗。納悶著怎麼又出現一隻黃狗，再多聽兩段，才釐清那是不同的故事了。打盹又醒來，黃狗多了個好朋友，猴子。好幾次睡了又醒，醒了又睡，明明是一段枯燥的床邊故事，被我聽成了七拼八湊的離奇探險。

隔夜她又找我進她房睡，木板床吹過電風扇，竹蓆覆上一層冰涼。我躺平，她替我蓋好被子。被子很薄，聽說是她四十年前的嫁妝，木板床也是；聽聽就好，猶如她接下來又要繼續說的故事一樣。

「阿嬤，這條講過矣。」

「哪有，莫一直講話，囡仔人緊睡！」說故事的目的表露無遺。

這回，賣香屁的弟弟跟養黃牛的弟弟兜在一起了。她說，哥哥老是欺負弟弟，搶走爸爸留給弟弟的斧頭，殺了弟弟的牛。我精神好時，聽得格外入迷，回應她弟弟可以去賣香屁啊。她檳榔扇一拍，如芭蕉公主，霸氣說，「戇孫啊，彼是昨暝（昨晚）講的，無共款（不一樣）。」

在她身邊入睡前的靈魂，都是放縱又自由的。

我曾很努力撐著不睡，想拼湊她嘴裡所說的那些世界，與童話書裡的愛麗絲有何不同。我曾經很相信，她所說的神奇世界是存在的，裡頭住著不同的人；壞人負責犯錯，好人會有好報，奇蹟永遠都會在最後一刻降臨。即使聽見的故事因為睡著了而斷續不成篇，還是想著長大後的某天，我一定能拼出完整的世界。

直到歲月褪去了童年的袈裟，入了世俗，才發現那些故事都是騙小孩的。屁是臭的，根本賣不出去。狗會不會報恩，跟是不是黃色無關。苦命的耕田人，不會一夕之間挖到黃金。善良的人即使奉獻己身，也不會在最後一刻等來想要的奇蹟。那些床邊的天方夜譚，都只是為了安撫還沒適應這世界的稚嫩靈魂們的哭鬧。

無法安眠的稚童，會在那一回回的安撫聲中入睡，迎著下一道曙光，直至不再需要任何的故事來安撫，就長大了。

我亦曾是。

入小學時我成為學校培養的國語文競賽種子選手。為了加強上台膽量、台風和說話技巧，每一個月都得在課後時間練習背下一本類似《伊索寓言》的短篇故事；在月初的朝會上，站在司令台演說給全校聽。我有些害羞，支吾不語，放眼望去都是站得筆挺的身軀，沒有瞌睡的人。

故事不能說得讓人想睡。主任如此提醒我，並要我加強音量、語氣、動作，說到恐怖時，聲音要宏亮，嚇得連草木都落荒而逃。氣場很重要。我被如此指導著。而我聲音總是太小，透過麥克風傳達的音量，顫顫巍巍；想建構的世界如同謊言，一戳就破。我知道那些說出口的故事，都是書上讀來的，不存在於真實的世界。台下豎立的身軀，帶著銳利的目光，一次次檢視著我的語序。那是我第一次知道，說故事這件事，也可以變成機器般的訓練。

為了讓上台的表現更完美，我花更多時間在背誦故事。背故事、說故事的練習取代了我爬上她床的時間。

書裡寫下的故事是完整的，於清醒時更是如此。我有時慶幸自己終於可觀一個故事的全貌，而不需透過每夜的斷簡殘篇去拼湊記憶。我為自己能說，感到驕傲高興。逐漸地，用麥克風傳出的聲音，匯聚成一個勸人向善的世界，我的聲音隨著書裡被老師畫起的重點線起伏，表情亦是如此，隨之而來的是得獎名次和成就。

我開始不再聽她說故事了。

度過背故事、背演講稿的階段後，迎來的是高年級即興演講的出賽。國中後，參加國語文的次數減少，但為了升學，腦中背誦的換成了古文人物的生平背景，不然就是滿列的數學方程式和元素表。

她有時來房間看我，抓著我休息的空檔，有意無意地說些人生道理。舉凡人際關係如何維持，長幼有序尊卑有別……那些無法證實是現實人物還是杜撰人物的勸世道理，終歸逃不過一種模式：善惡有報。與她曾滔滔不絕的床邊故事如出一轍。

可我眼前只有評量，沒有那些荒誕的世界，所想的是今日發回的成績單，看著分數，質疑著努力跟回報的等值性。我開始透析故事的本質；如果不是兔子偷懶，烏龜光靠努力，是跑不過兔子的。

她又說了好些故事，在我每回挫敗時。

妖魔鬼怪跟神佛都出現了。

「咁有影（真的嗎）？」我不信有鬼，她就說起檳榔樹上的人頭和禁山的靈異故事。我暗想著別去檳榔園跟禁山就好。她說得起勁，把故事場景拉到我身邊，說屋子後廢墟裡的一個瘋婆子，就是被鬼附身的。這下，故事裡的人跑到了我的世界，用人的模樣接近我。真實跟虛假被她搓成了一團。我很想懷疑，卻有一部分的自己相信了她。往後走過那間廢墟，我便都會覺得有一雙眼睛直盯著自己，在夢裡追了我好幾夜。

而她說最多的，是她童年的一場驚魂。

時值空襲，她躲在防空洞，看著炸彈落在一名倉皇尋找幼兒的婦女頭頂，來不及驚慌，火光裡便只剩紅色，血淋淋的紅。那聲巨響從此化成恐懼，深植在她的記憶裡。她誇張地搬演著記憶裡的場景，試圖在我眼前重建那個世界的真實性。可空襲的餘波到了我這，卻只能成為一則故事，建構起來的，是我認為的虛幻世界。

「咁有影（真的嗎）？」我又在她說完時，反射性地問。就跟那些斷裂在半夢半醒間的聲音和故事書裡的重點線一樣，不太真實。

前些年，因緣際會接觸網路小說的撰寫工作，算案子的，一案一只合約。少則幾千字，多則百萬字。主編總是提醒，要有爆點要有虐點，字數不到要完結時，就得想辦法多個人物出來虐男女主角。打出來的字，猶如機器人，設計一個又一個看似沒有破綻的衝突，將它們沒有違和地接在一起，拼湊出一個完整的故事，給人一個離奇的世界。

我曾懷疑，想被虐的是故事裡的人物，還是現實的讀者？讓人困惑。可轉念想，現實裡不會有人想被虐吧，那些情節設計，都是為了看故事的人需要一個避世的烏托邦，暫且去他方世界遊玩，盡興了再回來。

日子持續推進，變複雜的靈魂學會了自己說故事。

我開始用我所理解的方式，在她面前建構一個新的世界，如同當初她在床前捏塑我夢境世界那樣。

她會嚷著，「咁有影（真的嗎）？你當作阿嬤遐爾（那麼）好騙喔。」跟她解釋網路裡的訊息時，她所能理解的最大極限就是電視機裡沒有人，那是拍片拍出來的。廣告裡的鴕鳥為了效果飛了起來，她便以為，現實裡的鴕鳥真的會飛；出遊時指著柵欄裡的鴕鳥，在腦海裡拼湊出好幾個鴕鳥在飛的場景，激動搬演著。相信？還是不相信？我所待的時代腳步太快，而她的步伐已經緩慢，時間再也拉不動。釐清了她所理解的世界後，我決定告訴她，鴕鳥真的會飛，尤其是吃了口香糖後的鴕鳥。我相信，在那想像的世界裡，會飛的鴕鳥，一定會成為她念念不忘的驚奇。

於她而言，科技所造創造的現在，LINE 的視訊畫面，誇張的廣告效果，就是天方夜譚裡的世界，是一則新的故事篇章。

兜兜轉轉，我最後還是喜歡她所說的故事。

從入睡的故事、勸世道理、神佛傳說、記憶裡的那顆炸彈、鄰居的某某某，到她自己。她的記憶一直很好，也很能說，一直說到歲月侵蝕了她的體力，才慢了下來。有時候天外飛來一個人物，跟我記憶裡頭的人物場景有些兜不上。不影響情節。該是百年好合的人終究會走在一起，該遭天打雷劈的人都會不得好死，該降臨的奇蹟總有一天會降臨。

每一次的言說，都是一場記憶的重整。她重新拼湊了故事，說話的眉眼如同當初。我彷彿看見她言說的真正目的——那個我未曾接觸過，於她記憶裡真實存在的世界，正不斷重新演示。

說到底，一直以來，我以為的事實、她以為的事實，原來在不同的理解中，都只是一則故事。

她繼續用她特有的理解模式。有理也好，無理也罷。即使我戳破了故事裡的荒謬，是天方夜譚，又如何呢？故事世界裡有不容動搖的價值觀，而她也已用這樣的方式，在我的世界裡住了下來。一如過往的節奏，賣香屁、弟弟的黃牛、報恩的黃狗……

草蓆從冰涼到溫暖，意識從清楚到模糊。

她說的最後一個故事是自己。

那是一個很遙遠，卻一直清晰存在的記憶——她的小阿嬤揹著她走過溪水，小阿嬤帶她去信佛，跟她說了佛的故事，小阿嬤離世前要了件自己最喜歡的衣裳穿……

我沒辦法記得太多她所說的小阿嬤，但我相信，我會記得很多的她。

她遠行的那年年前，我特別送她一件粉色針織衣，她很喜歡。穿在靈魂逐漸遠去的肉身上，既喜慶又安詳。躺在那張幼年時她所說的已有四十年歷史的嫁妝木床上，如今是六十年了。喜被早已不知去向。緊閉著眼，猶如被哄睡了的進入夢鄉裡的孩子。如我幼年。

生命總有終。

夜深了，故事亦會完結。

說了諸多離奇、荒謬故事的她，唯沒有告訴我的，就是她遠去的世界會是甚麼模樣。

此後經年，我只能日復一日開始每一天，打開電腦，敲打著一篇篇署名、未署名的故事，然後想起她，與她說過的故事，直到她也成了故事中的人物。

見紅日

日曆上的紅字依舊刺眼。

我告訴她，只要放假就會回家看她，陪她吃一頓飯。不論是紙本日曆，還是手機行事曆，只要數字顯示紅字就代表是放假日。她不識字，但也看得懂紅色數字象徵的意義，總指著牆上的日曆說，「做先生著是好（當老師就是好），每禮拜攏（都）放假，無親像（不像）阿嬤，做田人千焦會當規年迵天早出暗歸（做農的人只能一整年早出晚歸）。」

她只有讀過一年的書，便迎來了空襲。或許是上學的記憶對她而言彌足珍貴，才總是將老師一職視為最仰慕的行業。

讀幼稚園時，她牽我入園，卑躬屈膝地要老師多多照顧我。即使老師轉頭便把注意力放在其他更活潑更愛聊天說笑的孩童身上，她仍將每個老師看成是作育英才的大善人。校園裡，舉凡拿著糾察本、課本、藤條、手指沾著粉筆白灰的成年人，都會被她當成老師，一一鞠躬敬禮。

我曾以為她的謙和是因為擔心我在學校受人欺負，才讓她放下身段替我打好校園關係；直到我考上教育體系的大學，入了學，畢了業，她笑眼裡透露著無盡的欣慰，那刻，我似乎才有點明白，她尊敬「老師」，或許是來自於幼年未能上學的遺憾。

我開始進入國小代課，與領著正職薪水的老師們隔坐一張辦公桌。多數的人開始認為，我的人生從此駐紮在了校園，以代課老師的起跑線開始，逐步朝著隔壁桌正職老師、導師、組長、主任……的方向，一路走去。雖然明白，教育並非自己本願，但在未能找到更好的出路前，我將自己的遲疑不前，歸結到了她的祈願上。因為她希望我當老師，所以我便成為了老師。可踏入校園後，排斥的情緒襲捲而來。我曾與她反駁過，教職生涯並不如她所想的那般美好，也或許是美好的年代已過。教師不再是呼風喚雨的執鞭人，我們要做的，遠比社會對教育的想像還要多。

後來曾一度離開我本該待的小學校園，去了高中代理、五專兼任，甚至拿了學位，成為大專院校的講師；站在講台上，不論背後是配合學童身高的低矮黑板，還是具備完善硬體功能的投影幕，我逐漸無法再忽視自己的失落，再也無法用她的期許支撐自己繼續往下走。

我失業了。

決定不再接受續聘聘書後，日曆上是否還有見紅日於我而言早無意義。但我仍未忘記，她還在等我回家跟她吃頓飯。為了怕自己渾噩度日而忘了日子，我開始在每個禮拜該是「放假」的日期上，標註待辦事項，提醒自己，該回家了。

吃飯時，她依舊不忘問我上課的情形，一開始我四兩撥千斤地帶過了，用著過去在學校裡會遇到的事情，開始織羅著一張想像的大網。想像裡，我仍在校園的講台上，有一疊試卷待閱，開著反覆而繁瑣的教案會議……偶爾試圖讓她理解教育的現況，可就如同要崩解她對於老師的信念般，她會立即安慰我，當老師就是如此，要有耐心教導學生，又說起自己為數不多的上學時光。她赤裸裸地追憶著記憶裡的美好年代，當然也還有薪水好，能放假等諸多的好處。我不忍打擾。

鄉里間幾乎都知道我，也是來自於她長久以往的宣傳。還沒辭職時，當然一笑置之，能讓她因為自己而獲得某種滿足，不得不說，也平衡了自己連拒絕勇氣都沒有的怯懦。辭職後，又聽她如是說，才覺得身上不知不覺長起了些許疙瘩，像起了過敏的疹子，時而爆發、時而了無蹤跡。

我只能用更大的網，去遮蔽。

不知道該不該慶幸，我沒織太久的網。某個學期還未結束，她體力驟然退化，臥病在床。別說一起吃頓飯了，她昏睡得不知日夜，意識模糊，當然更別說還能記得今日是星期幾、放不放假。

原本被圈畫著待辦事項的「見紅日」，開始空白。日曆上不再需要任何提醒我回家，提醒我織網的標註。

某次我在週間回家，她坐在籐椅上睡得正熟，電視聲掩蓋了戶外的雜音，感覺到我進門後，她迷濛醒來，下意識望向日曆的方向。或許是睡得太沉，突然醒來有些頭昏，她撐著自己的臉、揉著眼角殘留的眼屎，不再看日曆，而是直接問了我。

「學校放假嗎？」

我點頭，讓她清楚看見，但沒能再多解釋一句。

我幫她盥洗，打掃環境，她不只說一次，學校怎麼那麼好，讓我放假。一絲冰冷觸及在我身上。原來她知道今天不是假日。但我很快掃去那絲冰冷，回應她，因為我待久了，有年假。其實兼任講師哪來的年假。

她在我織羅的網裡，又再度睡去。

之後，她病情加重，連續幾個「上班日」我都回家探視她。她臥床沉睡著，連我進門的動靜都察覺不到，電視機早已冷了好些日子，不曾啟動。房內從未如此安靜過，彷彿連她所剩的呼吸聲都被時間帶走了。

房內的日曆停留在她離去前的某一日。那是在她還知道日子，還記得撕日曆的某天。

替她收拾遺物時突然發現，掛著日曆的牆面一直正對著她籐椅朝坐的方向。有多少個日子裡，她哪也沒去，停在原處，直盯著撕了一頁又一頁的日曆，等待著下一回的見紅日。

我終究沒能揭開那面網，畢竟早已織羅得密密麻麻，而她也已遠去。幾回夢中驚醒，不知日夜，倉皇打開手機的行事曆，才又發現每一個見紅日裡，留著一大片的空白事項。是種習慣。習慣著，或許某一個假日，我還能有機會回家陪她吃頓飯。

散文〈見紅日〉獲二〇二一「吾愛吾家」散文類二獎

赴約

見我把車停妥，阿嬤朝我哼了一聲，眼睛瞪得堪比牛蛙。

「日頭都愛（都要）落山了！」她怒喝。

我也不甘示弱，「正八點定定（才八點而已）。」

沒錯，才八點，可對她來說，已是日上三竿，我相信她甚至還在腦中腦補起今天日落的餘暉是甚麼模樣。

她一日的開始總是很早。早年還會下田工作時，她會在屋後公雞的叫喚聲中起床。先到廚房煮一壺開水，放入柑仔店買來的便宜老茶葉，當作敬茶用，接著點香祭祀。家裡的每個門口都被她安置了一座門神，不只每年春節都要更換新的五福紙，還有專屬香袋。輪過祭拜後，回到客廳打開音響，播放觀世音的歌，才到廚房準備早餐。在我看來早餐也很繁複，她吃早齋，除了一碗白飯或稀飯外，還會炒一盤青菜。完全把自己打理好後，她會蹲在屋簷穿起下田的雨鞋，這時候，天才正要亮起。

本以為，不下田之後她的作息會有所改變，可非但沒有睡晚一點，反而在公雞啼叫之前就醒來了。她也因此覺得，全世界都應該在那一刻同時清醒。她的早起，對平日要上班的我來說，簡直是災難。

每年冬季她都要醃高麗菜，類似客家人的覆菜，不過用的不是芥菜，是高麗菜，因此又叫作高麗菜乾。村裡的人家都是如此。只要高麗菜大出的季節，村的廟口就會停著一台高麗菜車，有時也會繞著村裡的路，邊走邊叫賣。左鄰右舍聽見聲響，會出門相互吆喝，喊著要做高麗菜乾了。車子隨意停在路邊，很快地便圍上一群穿著五彩花布的婦人，目光都很精明，彷彿一眼就能穿透成堆的高麗菜山。

門前有片禾埕，早年高麗菜車還很準時報到時，車子會繞進禾埕的空地上，附近人家十顆、二十顆地買，也會來借我們禾埕上的陽光。空地不夠，就披曬在汽車的引擎蓋上。

她會拉來一張不知整年藏哪的帆布，簡單擦拭過後，將高麗菜葉剝下，散在上頭。這還是好點的。有時候，她找不到帆布，便索性直接在地上披曬起來。當然她會簡單用掃帚將地上的碎石或落葉清除，但說實在的，沒甚麼作用。每每高麗菜回收時，夾雜著大小的石粒都是家常便飯；讓人無法接受的，是沾上了鳥糞。

我跟她抱怨，說這樣不衛生。但她說，太陽都消毒過了，等等在搓高麗菜時也會用鹽巴，裝瓶的瓶子還會用米酒消毒過，很乾淨的。可眼睜睜看見的一塊鳥糞，誰都不會覺得乾淨。

我與她對於乾淨的辯論，都會在冬季的醃高麗菜時節上演一回。

成年後，我離家，她便在高麗菜即將大出降價前叮嚀我回家幫忙。其實家裡的人口並不少，但她眼中似乎只有我能成為她的勞動力，或是只有我願意幫忙她。所以，她從不吩咐別人冬季要醃高麗菜的事，只針對我。

假日早起已是場折磨，還要被她呼來喚去，只為曬一年一度的高麗菜。如此強人所難，我當然忿忿不平，大家都有吃，為什麼只有我要付出勞力？再者，去年、前年醃的高麗菜乾都不見得有吃完，又為什麼每年都要重複一樣的工作？那些在瓶中不斷發酵的高麗菜又將被遺忘多久？但不管我是否抱怨，來年冬季，她一樣在高麗菜季的時候與我約定。

如強迫式的契約。

她說：「毋（不）先做起來，等春天來了，就赴毋到了（就來不及了）。」

我不明白她到底要赴誰的約？

趁她消毒酒瓶時，我又偷偷捏掉不少沾上土塊或糞便的高麗菜。她看了眼被我丟棄在畚箕裡的高麗菜，也不吭聲，又將其全撿了回來。我說那髒了，撥不掉，乾脆不要了。在我的注視中，她勉為其難撕掉一小角，象徵性地代表那些都沾上髒污的高麗菜。對了，還是經過幾回辯論後，她才終於拿出帆布；但帆布也不是每年都找得到，找不到時，依舊是鋪在地上。

高麗菜需要日照半日。沒錯，只要半日，日頭夠烈的話，也只要兩、三個小時。所以早上八點開始作業，將十多顆高麗菜剖半、葉片撕下，均勻披曬，其實是不到一小時的工夫。接下來的時間，就是等待。在我的理解中，既然最多只要曝曬半日，那麼只要接近中午開始作業即可，更早的時間，我可以拿來與我的周公約會。

但她是那種不允許妳比太陽晚起的人，怎麼可能容忍放過上午日照的大好時光。高麗菜在日頭下逐漸去掉水分，萎縮變軟。通常在過中午後，她就會拎著一個大臉盆，將曬軟的高麗菜收回，為了不浪費遺留在地的任何一片，她會出動掃帚。便是這個時候，將灰塵土塊一併掃了進去。

收集完最後散落的葉片後，她從倉庫拿出酒瓶。顏色不一，或透明或黃褐色，大多都是米酒頭的空瓶。我們家一年內不可能用掉那麼多空瓶，更何況她一人獨居。我問她瓶子哪來的？她得意揚揚說，是她去路邊柑仔店、粄條店門口撿來的。小村莊能聚集人群的地方不多，通常就是有吃有酒的地方，而聚集在那的人們，會做的事情也可想而知。抽菸、吃檳榔、喝酒、罵政府，左不過都是打發時間的人們。

她見我不說話，自己搶先呶起嘴來，說那些人喝酒都是倒在杯子裡喝的，很衛生。好了，現在多了一個挑戰人潔癖的酒瓶了。她也不多說，開了新的米酒頭，很仔細地將每一個空瓶倒入酒，沖洗清潔，但她並沒有清洗完就將酒倒掉，而是倒入另一個空瓶，繼續清潔。直到她認為已經「消毒」完畢了。

酒瓶放在一旁備用時，便要開始揉搓高麗菜了。她打開十多塊錢的台鹽，很恣意地撒在成堆的高麗菜上，接著用雙手手掌的力量向下推壓。起初，高麗菜除了葉片稍軟外，梗心的部位還保持著一定的脆度，要揉搓出水還得要一段時間。約莫十多分鐘後，臉盆內開始出現鹹水。她會試一下味道，感覺不太夠，再隨興抓了幾把。

「好了。」她喊一聲後，臉盆裡的高麗菜基本上已經泡在一層鹹水中了。

拿來酒瓶開始裝罐，撥開被鹽醃透的葉片，韌性而透黃，擠入罐中。彷彿也將冬日記憶一起貯存起來。每裝一層就用竹條擠壓出空氣，倒出鹹水，再繼續裝罐，直到封瓶。

她會將封瓶好的高麗菜乾放在陰涼的廊下，待三五日出水後，再鎖緊瓶蓋，收進倉庫的保麗龍箱。保麗龍箱在我印象中，似乎很小的時候就有了。裡頭是她長年蒐集來的金紙灰燼，聽說灰燼能吸附瓶中多餘水分，讓發酵過程保持乾燥。

每年開封第一瓶高麗菜乾，便是村裡掛紙（客家掃墓）時節。在大家忙著準備潤餅配菜時，她便會從倉庫裡拿出一瓶高麗菜乾。這時候的高麗菜乾已經顯得褐黃，瓶口周圍黏附著一圈灰燼，需要用點力氣去敲才能撥去。挖出高麗菜乾，跟排骨一起燉湯。酸氣十足的排骨湯一直讓我誤以為是潤餅的必備配菜，直到後來大家更喜歡喝飲料後，酸菜排骨湯才逐漸被人遺忘。

我明白她已逐漸年老，手藝可能轉眼就會失傳。她離世前兩年，有一段時間不太愛吃東西，甚至厭食，也就不再執著冬季時的高麗菜乾。沒有她強迫式的邀約，才恍然發現時間已倏忽而過。

我細問她製作醃高麗菜的過程，她聽到我要學，格外興奮，領我到倉庫找她早就準備好的一麻袋的「喝過」的空酒瓶。她說，那些瓶子是她撿了整年才蒐集到的，很珍貴；怕我轉頭就拿去丟了，又強調很乾淨，沒有別人的口水。她晚年出門都靠一台電動三輪車，車頭的置物籃不大，放上一頂外出遮陽帽後便沒剩多少空間。須彎腰撿拾幾回？

小小的置物籃被她反反覆覆放了多少趟的空酒瓶？她沒細數給我聽，只是擔心我又潑她冷水，嫌棄酒瓶來源不明。比例呢？在她看來，是沒有比例的，最準的就是味覺。她沒有藏私，而是將加好鹽、揉搓好的高麗菜塞在我的嘴裡，讓我自己用感覺去體會。好鹹。我當下只有這樣的體會，根本記憶不了。

醃高麗菜不難，步驟就那幾樣。只要記得瓶子消毒、不碰水。她還附註了一條：女生生理期、家裡有白事是不能醃菜的，這條文沒有科學證據，當然在一般網路跟坊間的食譜裡也不會有。但在她看來，這條附註，比瓶子消毒、保持乾燥還要重要。

我也沒有心思跟她爭論那些，在我看來，最關鍵的是鹽巴的比例。她又再一次將搓揉好的高麗菜塞進我嘴裡，眼神奕奕，期待著我能立刻就掌握她一甲子多的經驗和滋味。

那年醃高麗菜，是她最後一次與我在冬日的陽光下爭論。她離世那年，全世界正遭遇著新型的病毒侵害，在死亡、隔離、治療中摸索病毒的模樣。時間彷彿不斷被延遲著，生活的腳步不得不慢下，我數著她頭七、尾七、百日、三朝禮的日子，竟不知不覺到了冬季。寒流來襲時，方才想起冬季高麗菜還沒有醃，可轉念又想到她說過的，家裡有白事，一整年都不能過節，也不能醃菜。

不明就裡，但我也沒有心思去醃菜，或者是說，我不知道確切的比例。

我開始書寫關於她的一切，整理、曝曬那些與她有關的記憶，並將它們裝罐保存。一切時間的等待，彷彿都為了發酵後的甘美。就如她的高麗菜乾在灰燼中發酵，成為年節的氣味；記憶裡的她則成為我書寫的故事人物，停駐成永恆的模樣。

對年之後，我學起了她在冬日裡醃菜的節奏，避開她所叮嚀的生理期，加上我所用的科學測量方式，4%、6%、8%鹽分依次記錄，再次醃出新的一批高麗菜乾。把高麗菜乾放在陰涼處排水後，拿回老家倉庫，插在她蒐集來的香灰保麗龍中。另一側，還有數瓶倒插在灰燼中的高麗菜瓶，已經幾乎毫無水分，呈現深褐乾色。那是她做的。

彷彿又聽見她說：毋先做起來，等春天來了，就赴毋到了。

我仍不明白她到底要赴誰的約。

但如果可以，我想赴時間的約，赴她的約。

輯四

倦鳥歸巢

她守候，猶如靜止於廳下的信仰。

厝鳥仔

村子裡的厝鳥仔不怕人，總喜歡在人群後玩沙坑。

每到黃昏，左鄰右舍便會拉著自家板凳在我家堂前圍成一圈。堂前是一片多年不曬穀的稻埕，隔著一條小水溝，緊鄰著不到三米的馬路，左右兩側都是空地。右側空地上因為要給小孩子玩沙，總是堆著高高的一層沙土。在更早年，右側空地種著龍眼樹和樟樹。樟樹沒幾年就被砍掉，龍眼樹則伴隨著附近孩童的童年，直到近十年才因為開花結果不良，請人從頭部砍掉了。

在龍眼樹還勉強能開少數花、結少量果時，底下的沙土常被厝鳥仔挖出坑坑疤疤的洞。我很小便知，厝鳥仔也很喜歡洗澡，用的是我家龍眼樹下的土。

當人們聚在稻埕上閒聊時，沙堆裡的厝鳥仔也正嘰嘰喳喳。

阿嬤很不喜歡厝鳥仔。一開始是因為她做年節紅粄、端午綁粽時掉落的米粒，會引來眾多厝鳥仔啄食。如果只是啄食掉落的米粒倒無所謂，但厝鳥仔來久了，便當自家廚房日日光顧，留下滿地的糞便和落毛。

她是那種每日祭神前都要將廳堂打掃一番的人，看見不請自來的厝鳥仔，又製造滿地髒亂，就讓人厭惡。那是她一開始不喜歡厝鳥仔的原因。

後來厝鳥仔常在她與阿公午睡時，成群結隊在窗外搗弄。有時用嘴喙鑽著本就縫縫補補的紗窗。早年，草屋還未重建前，她與阿公所住的房間的窗，是幾根竹子做成柵欄的。不能開合，只能用不知去哪剪來的鐵網縫在四角，當作阻擋蚊蟲進入的紗窗。夜裡風大，便用一件大紅花色的布當作窗簾，也是唯一能遮光的布。草屋的門也很簡陋，鐵片綁著木棍，能開闔，就是一扇門。厝鳥仔最喜歡鑽著門縫下，透著微光的空間探進屋內，要不然就是啄著窗上的鐵網和飄飛的花布。每當午睡時，從窗和門傳來的嬉戲聲，便會格外惱人。這是她不喜歡厝鳥仔的另一個原因。

但厝鳥仔曾經是我的「寵物」。在草屋還未改建前，稻埕右側的空地上除了有老龍眼樹外，也有阿公「拈花惹草」的興趣。他會在稻埕與空地的交接處，闢出一塊長形、從草屋往馬路水溝前延伸的小花圃，裡頭種著孤挺花（那是我成年後才知道的名）還有不需深根的木瓜樹。其餘的空間，大部分都種了當時村裡都風靡的檳榔樹，那是家家戶戶端午到中秋時節的外快來源。檳榔樹上常會有厝鳥仔築巢，我第一隻飼養的寵物，便是從那上頭掉落下來的。

從鳥巢裡掉下來的厝鳥仔很脆弱，鼓大的肚子猶能清晰看見紅藍相間的血管，翅膀尚未成形，與兩隻彎曲的腳差不多細。頭小得不明顯，握在手裡，似乎一不小心就會夾進小拇指和無名指間。掉下的鳥窩已經爬滿螞蟻，裡頭有三隻雛鳥；一隻被螞蟻吃掉了眼窩，大軍正圍攻著頭；一隻沒了氣息，嘴喙上排列著正要鑿門入侵的敵人。最後的一隻，腳斷了，但尚有餘溫。

我將雛鳥捧在手心，跑到她房裡。

她拉著木棍將鐵片打開，戶外的光線照進室內，風揚起一片灰。她見我手裡的雛鳥，臉色就拉了下來，跟我說掉下來的雛鳥，離開鳥媽媽是活不了的。我將一併撿到的鳥巢拿給她看，她若無其事地撥掉上頭的鳥屍體和螞蟻，端詳著鳥巢，問我哪裡來的。我牽著她到某棵檳榔樹底下，指著上方還殘留的鳥巢痕跡；枯萎的稻草、樹葉夾在檳榔葉心中。

無效啦。她再度這麼說，然後將鳥巢丟在一旁，轉身要走。

我追上去，告訴她我要養，她又強調厝鳥仔長大了只會大便，又吵人。

她說得不錯，厝鳥仔築窩在檳榔樹上，爭蟲吃時會唧唧叫，飛下土堆玩耍時也會喳喳吵著，整日下來，彷彿有說不完的話。但她只有說養不活，也沒說不讓我養。於是，我便充當了雛鳥的媽媽，雖然僅僅是短暫的半日時光。那半日，我修復了跟隨雛鳥掉落的鳥巢，也嘗試要將鳥巢放回樹頂。但原先那棵檳榔樹足足有兩層樓高，我只能選擇低矮未結果的檳榔樹；效果不彰後，我也試過把鳥巢放在木瓜樹上。用繩索鐵絲固定，躲在屋後，等待著電線杆和屋簷下來往飛過的鳥群，想著或許真正的鳥媽媽看見了，會回到窩裡也說不定。

可想而知，放上去的鳥巢完全吸引不到任何一隻厝鳥仔，甚至連靠近的跡象都沒有。我開始疑惑，鳥巢是被甚麼動物搗壞，摔到地上的？後來我才知道，鳥巢不會自己無端掉下來，是因為家裡人要割檳榔，伸上鐮刀，順便把鳥巢清理下來的。

厝鳥仔在農村裡不算是益鳥，更多時候是被當成危害來處理的。為了不讓厝鳥仔長大後成群結隊，便會選擇在牠們還幼小時，斬草除根。

我將手裡冷掉的雛鳥埋在牠掉落的檳榔樹下，洞沒挖深，也或許早就在多次厝鳥仔聚集洗澡時被翻出土。草屋改建後，空地上的檳榔樹都被斬除，木瓜得病後也一併連根刨除，延伸到馬路水溝前的孤挺花花圃不再種新的花，磚頭圍起的方形花圃直接用土覆蓋，沒幾年，便再也看不出花圃的痕跡。

草屋新建成了現在的磚房，重新鏟過土的空地除了老龍眼樹還勉強支撐著外，所有土堆都成了厝鳥仔的洗澡場。牠們住在附近尚未被鏟除的檳榔樹、椰子樹，或空屋的屋簷，然後在日落黃昏，到老龍眼樹下嬉戲玩耍。

磚房蓋好沒兩年，我們和阿公阿嬤分開居住了。雖然是同一個鄉，隔壁村，但平日裡也少有機會見面。我會在假日時騎著腳踏車回到老家，與他倆老人家吃頓飯或與一群老人陪坐在稻埕上，鄰近著馬路的水溝邊，看著來往的人。老人們會指著從門口經過的某人，說他是某某某的某某某，有時也會有因為迷路闖進村莊裡的人，在不知方位後，又傻楞楞地沿著來時路回頭。

啊，彼個毋是（不是）阮庄頭的人啦。老人們齊一說著，吵吵鬧鬧一番。同時也在一旁吵鬧的還有厝鳥仔們。牠們不怕人，聚集的人越多，越吵鬧，牠們就玩耍得越盡興。

附近的人幾乎都做農，也都不喜歡厝鳥仔，但依舊能忍受，或是說接受厝鳥仔在人群附近覓食、休憩、孵育。彷彿在一個平行空間，人與鳥知道彼此，共同生活。

第一次看見阿嬤舉棍驅趕厝鳥仔時，她已經逐漸行動不便，且阿公離世尚不久。她嘴裡掛著三字經對著屋簷某處叫罵，一手撐著拐杖，一手奮力舉高竹棍，不斷敲打製造聲響。我問她裡頭是不是有甚麼，心裡預期著可能會是可怕的某種動物，未料她說，是厝鳥仔。我有些不解，只是對付手掌大的厝鳥仔，需要如此粗暴嗎？她忿忿然，說這些鳥很吵。我同意，這就跟她一直以來不喜歡厝鳥仔的理由一樣。接著她說，厝鳥仔都會亂大便。我也同意。

下一回，她換了枝更長的棍子。她的身體還不習慣使用拐杖，空著一隻手便要揮舞長棍，當然是危險的，我盯著她，準備隨時上前接住她。畢竟她並不打算放過屋簷裡的厝鳥仔。從她起身的氣勢便知道了。

沒有任何一隻厝鳥仔因為她的敲打落荒逃出，她便更不服氣，甚至要踮起沒穿義肢的那腳。我勸她放棄，說這是新蓋的房子，不會有鳥築窩在裡頭。的確，比起之前的草屋來說，磚房的屋頂堅固多了，即使有縫隙，那也不足以讓一窩鳥安居在裡頭。

她驅趕失敗，便抓著棍子坐在稻埕上，眼睛直盯著被她敲出刮痕的屋簷。

她說，等等牠們就會回來了。

不可能吧。我心裡想。

太陽落山前蚊蟲會聚集在水溝蓋上，那時天空最昏暗。路燈尚未亮起，餘暉已經落下。厝鳥仔會趁這時候進行最後一次覓食，盯著蚊蟲的聚集處，盤旋在電線杆附近。有時站在屋頂，有時站在樹梢，更多時候喜歡站在電線上。

她突然看著電線上足不移動的兩隻厝鳥仔，神奇的是，厝鳥仔也看著她。她赫然說，就是那兩隻，然後舉著長棍要丟往電線。

厝鳥仔看她舉棍逼近，也拍翅飛離。但就如她所說，兩隻厝鳥仔並沒有飛遠，而是徘徊在稻埕上方，眼神盯著她敲打過的屋簷。

後來厝鳥仔有沒有回窩，我是不知道了。

路燈亮起時，天空基本已經拉起夜幕，蚊蟲也從水溝上方移往路燈下繼續盤繞。我沒留下來與她吃飯，也就先離開了。但我想那一回合，厝鳥仔是平安回窩了。因為下一回我去探視她時，又是黃昏，又看見她舉棍敲打著屋簷。

問她為什麼如此討厭厝鳥仔，她依舊是「又吵又髒」的理由。

有次天候不好，我陪她坐在屋內，感受不到戶外落日餘暉的溫度，當然也就不知道有多少厝鳥仔站在電線杆上，等待著覓食或歸家。而她卻清楚地說，「牠們」回來了。一時間我還反應不過來，注意力在電視的歌仔戲大戲上，而她也正看著戲。

我問她誰回來了？

她開始細數厝鳥仔清晨何時離巢覓食、傍晚何時結伴歸家，這一批雛鳥長大了，馬上又會有下一批。她將厝鳥仔的一天、一生說得鉅細靡遺，彷彿屋簷下的房客們有多少，自哪來，都被她記錄在冊、銘記著。

即使如此，我依舊不曾在她所說的屋簷下看過任何一隻鳥影。直到某日，她病況不佳，我在臥房裡陪伴著她。沒有電風扇擺動葉扇的馬達聲，也沒有歌仔戲的高亢哭號，戶外人車彷彿也停擺。在那安靜的瞬間，我真的聽見了厝鳥仔的聲音——在屋簷下摩擦著羽毛，嘴喙相互啄食，有幼鳥爭食。那不知是她所記錄的第幾批雛鳥？

我第一次知道，她的臥房可以如此安靜。

十年來，她在無人陪伴的夜裡，沒有人聲話語，每日都重複著起身下床、走出戶外、獨自應付三餐、趴在桌上盯著電視、上床入眠。屋簷的厝鳥仔成了她日常的見證。每一日都是如此。日頭落下，熱暑散去，路燈亮起，厝鳥仔歸巢，然後又是下一次的清晨。

她離世那年，才剛進入初夏，就有一批新的厝鳥仔在屋簷下定居了。她最討厭的，鳥窩成形，走廊下每天都有新的鳥大便，不只如此，三合院的橫樑上也來了家燕。

我們沒有驅趕，只是在鳥窩的下方鋪上厚紙板，任其掉落糞便，讓一切如舊。

散文〈厝鳥仔〉獲一一一年教育部文藝創作獎學生組散文特優

未亡人

阿公離世當日，早有跡象。

他呼吸緩慢，身體包裹在被褥中，沉睡著。

阿嬤擲筊問佛問神，是聖杯，說他即將啟程。爸搖了幾回阿公的身，還有些意識時，阿公迷離的眼神執著在屋內，不願離去。每來回醫院一趟，阿公縮居在屋內的時間就更長，他寧可待在這間小屋，一手打拚而來，一磚一瓦都堆砌著他的年少與歲月。

聽說甫破曉時，阿嬤喚醒過他，神情比平日還要慵懶，迷糊中要了一杯牛奶喝，再如往日那樣縮著身子睡去。這一睡，他沒再醒來。身體還留有餘溫時，阿嬤替他換了身乾淨的衣物。清楚知道他已離世，要趕在身體僵硬前換好衣褲，卻又反覆搓揉著他的手，希望體溫不要下降，不要冰冷。

鄰居不久前才辦過喪，爸留過葬儀社的聯絡方式，幫阿公處理後事起來不算手忙腳亂。阿公甚至已替自己準備好了遺照，在他還能與阿嬤一同北上探孫時，兩人相約去請人畫了要告別這個世界的模樣。葬儀社的負責人來了之後，開始發落接下來的工作。阿公是居家離世，須要請衛生所的醫生來開立診斷證明，後續才能安排火化時間。此外，訃聞上的子孫名也要羅列清楚，負責人開始詢問長幼關係，避掉相沖生肖選定法會時程。最後，交代陸續回來的子孫們，開始摺蓮花，一天要七朵，隨著金紙化掉。

棺槨內要放一百零八朵，象徵著隨佛而去的路程……

按部就班的儀式讓人等不來真正的哀傷，剛蓄滿的眼淚轉瞬即逝，更多的時候是跟著法師盲目哀誦。

禮儀師接著用紅布遮住神明廳的神像，隔卻陰陽與神魂。正廳左側清出空間，撥掉插座上的蜘蛛絲，接上插頭，安置即將啟動的冰櫃。隨後回到房裡，合力將阿公的大體抬起，移至正廳內。

正廳門口掛上治喪的布條，喪儀正式開始。

阿嬤在喪儀中，被稱呼是未亡人。

未亡人沒有特別要做的事，一日三餐的拜飯、更換祭品、燒腳尾錢大抵都分配給子孫們做，她唯一要做的，是將阿公的遺物整理起來。該與庫錢一同焚化的、該留下的，都需要她做決定。

攜手走過半世紀的夫妻，有金婚之名，也拿了村裡特別打造的金戒指，依然會有人先走。先走的是阿公，她只能以未亡人的身分，繼續留在陽世。

喪禮中許多陰陽之別的稱謂和儀式。拜飯時說，阿公的靈仍與陽世同行，需要一如往常吃飯、休息；可做七時，又提醒我們，阿公已走到了某個閻王殿，我們在此岸，不見他影，只能焚燒紙錢跟蓮花，替他點亮前行的路。

阿嬤多數的時間都在房內，要不就是躲進「嚴制」的簾子後，趴在冰櫃上淚流。她是在場唯一不用隨著法師誦經起伏，不用被箝制情緒，想號哭就號哭的人。冰櫃上方有一處透明玻璃，點亮燈，便可以看見大體的容顏。阿公的遺容在恆溫的冰櫃中緩慢結凍，前兩日就如睡在床上的他那樣，抿嘴瘦骨。她盯著玻璃，拿塊抹布吸著自己的淚，又擦擦玻璃上的霧氣。人家說，淚流在亡者身上，會讓亡者走得不安，她不放心，即使隔著玻璃，也要將眼淚接在布上。

接著淚的布，在她自己臉上與阿公相隔的玻璃上，反覆擦拭。

治喪那幾日，不時從簾子後聽見她突然大哭的聲音，隨後轉成悶在布面的急啜聲。我們會輪流進去將她扶出、或勸出，在那之前，沒有人知道她又在裡頭待了多久。

出殯那日，禮儀車停在門口，阿公的棺槨在儀式之後被推出，送上車。子孫們執香跟在車子後頭，跟著銘旌走往村口。阿嬤本躲在房內，卻在大夥送行時突然衝出。房間門外有道台階，便從台階上摔了下去，再爬起，半爬半走地往路口呼喊阿公的名——

「若（你）老爸」、「若（你）阿公」……平日聽久了她如此稱呼阿公，我們亦忘了阿公在她心中，原來還有個名。

親戚中因年紀大不方便送行的，都從休息亭下一擁而出，擋在她的面前，與她勸說——未亡人不能送行。阿嬤本就是十分遵循傳統與古禮的人，當然明白，可阻攔的人越多，她跟蹌往前的步伐就越大。已經往前走的人群不能停下，亦無法回頭、倒退，她被攔在馬路上，只能看著隊伍越走越遠。

未亡人的身分在阿公火化，結束喪儀後結束。從此之後，她成為不小心被留下的那個人，總想著當日遠走的隊伍，走去了哪裡？她當然知道火化的地點，只是一直無法得知，離開肉身的靈魂去往了何處。

即使擲筊，神佛也無法告訴她答案，反覆陰杯、聖杯、笑杯。

從神佛那得不到答案，她便問我：若（你）阿公現下走到哪位了？

我亦不知陰間位於何處，彼岸的模樣是否如畫中、傳說那樣，只能用著信仰的模式安慰她，說阿公去了菩薩那，去了所謂的西方極樂，或是跟著化去的庫錢、紙屋上的地址，去了「武夷山」腳下的某處。

再多的儀式、信仰仍無法給她解答，沒有親眼所見，又怎能相信心愛的人去了何方？

之後她又問，阿公為什麼沒來找她？一次託夢也沒有。問阿公有沒有來過我的夢裡。我於是告訴她我所夢見的阿公，背景與遺照裡的畫相似，過著閒雲野鶴的日子，悠悠哉哉。她氣惱，阿公竟沒有牽掛她，轉頭又欣慰，阿公沒有太多牽掛。我想，不論是什麼彌陀仙境，都只是我日有所思夜有所夢的幻境，不是她真正想知道的彼岸。

接下來的日子裡，家裡的人都心照不宣，減少說起阿公的次數。彷彿不去找尋思念的源頭，便不會被撕開新的傷口。我們只能等待傷口徹底結痂，直到說起這個人時能含淚伴笑。

阿公走後一年，阿嬤意外跌傷。意外初期，她怨懟阿公沒有保佑她，而更多的是，阿公依然沒有來找過她，一次託夢也沒有。接下來數年，她重新學習行走，一成不變的生活模式和習慣被迫改變，也就越來越少聽見她說起阿公。

她到底夢見阿公沒？我想她是夢過的，也許是醒來後，她希望那不只是夢。

阿公離世十年，她躺在同一張床上，闔眼沉睡。

我替她換上新的衣物，身體還有餘溫，我想，她應該也走在了那條路上，也終於找到了她問了十年的答案。

與腳作伴

意外發生那晚，聽說戶外吹了大風。

時值午夜時分，眾人熟睡，雞未啼曉，大地原是處於一片安寧。突如其來的風聲顯得格外躁動，將廊下的畚箕吹得乒乓作響。

房內的她不知怎麼發現了外頭的動靜，起身查看。

彼時應該也正是她熟睡之時，卻被風聲輕易打擾了睡眠。我們無從得知，那是獨居後的她第幾回在半夜醒來，失眠到天明。或許從阿公離世後，她便很難睡得安穩，她曾問過我們是否要搬回老家陪伴她，但無人給她正面的回應。

她走到戶外，想將吹倒的畚箕放好，卻不料踩空了台階，跌倒在地。當時她的身材還算豐腴，一屁股坐下，力道不小。不知是傷了哪裡，左腿傳來劇痛，無法自行起身。隨著疼痛加劇，夜幕深沉，她越害怕，不顧一切地朝著天空呼叫起來。鄰居聽見她呼叫哀嚎的聲音，紛紛起身查看，幸好附近有體力較好的年輕人，先將她扶了起來，在電視遙控下的紙條上找到爸爸的電話，聯繫上了我們。

太陽升起時，她已被送往急診室等待，過去曾替她裝過人工關節的主治醫師在交班後也協助安排檢查和住院。經過一輪的檢驗後，身體並沒有特別的病徵，只是腳踝腫脹。醫師本希望她回家休養，但疼痛難耐，只能先住院觀察。

起初兩日，她無時無刻都在哀喊著腳痛。

X光片顯示骨頭正常，沒有骨折或斷裂，但腫脹多日未消，白血球指數忽高忽低，醫師也只能說再觀察。再兩日後，她突然昏厥，不知名的細菌攻擊著她，陷入休克。醫師將她轉到加護病房，也終於找到了她疼痛腫脹的原因——是局部的蜂窩性組織炎，腳趾頭已經開始壞死。

醫師判斷，須進行截肢才能改善細菌感染的情況。

爸爸與她說明時，她癟著嘴，不再呻吟出聲，只是緩緩掉著淚。爸爸問她，好不好？那當然不是真正想徵求她的同意，畢竟不管同不同意，都只能那樣去治療了。她搖頭，先是小聲說不要，未得任何人回應，才逐漸放聲說不要。爸爸重新解釋醫師的意思，她仍然搖頭，並微弱地說自己已經快八十了……

沒有人知道，人究竟能活得多久，垂老的人又該為了未知的三年、五年，多做些甚麼。

第一次進手術室，醫師截掉她的腳踝以下，將明顯壞死的組織切除。按照醫師安慰她的，腳踝以下的關節活動力較小，裝上義肢後並不會造成行動太大的不便。她只能勉強接受這個理由了。

加護病房裡，又傳出她休克的通知，原因是入侵的細菌已經超乎預估，蔓延至整個小腿。她必須再截肢一次。爸爸在加護病房探視期間與她說明病程，她搖頭，蠕動著嘴想說不要，但插著口鼻的呼吸管擋住了她的拒絕和哀求。醫師安慰，也讓爸爸轉達，只要盡力保留著膝蓋，一般來說，穿上義肢的情況都不會太差。說明時，在小腿上用青色畫筆標註切除部位。她或許已經痛得沒有感覺，但當畫筆接近時，仍下意識用著另半邊的力氣挪動身軀，拒絕被標註。

但在家屬和醫師面前，腳跟命，不是二選一的命題。

她亦無從選擇。

第二次進手術室，她再次洗去爛肉、剪皮、切骨。

醫師出來後，拿了個托盤，問我們是否要保留，還是當醫療廢棄物處理。托盤裡是從她身上卸下的組織塊，沒有彈性和血色，像極了沒有放血乾淨，被急速冷凍後又曝曬的肉塊。那是伴隨她七十多年的腳，離開身體後，只能作為廢棄物被進行處理。

復元的形況並不理想，組織發炎的速度遠比切除手術還快，不得已，只能再次進行切除。同時間，醫師也表明，這次必須切除膝蓋，也就代表未來即使穿上義肢，預後情況也不會太好。即使是體力好的年輕人，要穿上整條腿的義肢重新學習行走，也不是件容易的事，更何況她的體力已經不堪負荷。

爸爸坐在等候室早已神色淒然，身形頹靡，他問我，該怎麼辦。不手術的話，連預後努力的機會也沒有，但手術的話，會不會也只是一場枉然？

人生沒有答案，未來的模樣，也只是過去的一種選擇。

爸爸又再度靠到病床前，加護病房裡的幫浦聲圍繞四周，他這回只是拊耳輕聲跟阿嬤說明，沒有問她好不好、或要不要。阿嬤沒有如第一次的大力搖頭，沒有第二次的蠕動和呻吟，只是沉默淚流。

發炎的狀況總算得到緩解，又進行幾次的高壓氧治療後，傷口開始癒合。但我不知道，她的心是否已經千瘡百孔？有時候我會去替她擦拭身體，她先抬右腳，再抬左腳時，我仍無法適應左腳與右腳的長短不同。有家屬來探病時，會習慣找地方坐，也不會有人記得，她左腿以下的床位是空的。

我們都無法習慣，又何況是她？

經過一個多月的折騰，她消瘦許多。過去胖瘦只有自己感受，如今她需要控制體重，因為來測量義肢的復健師叮嚀，太瘦或太胖，都會影響當下已經測量好的腳圍，義肢會因此不合腳。

義肢送來後，她很少穿上，甚至視而不見。復健師來輔導她穿義肢，她推託假腳不舒服，塑膠套會磨破皮，即使穿上絲襪也沒改善。我想她的抱怨是真的，新長出來的皮膚要適應機械鐵器，又豈止是練習就能合腳的？

彼是假的腳。她後來這麼跟我說。

她難以接受橫躺在地上的那隻假的腳，未來餘生將取代她真正的腳，伴她跨出每一步。

爸爸強迫她每日都要穿上假腳練習，為此，兩人還相互賭氣多次。第一次做的假腳，果然因為疏於練習，身體消瘦太快，只能重新訂做。假腳的價格不菲，又因為她截到膝蓋以上，耗材跟關節的精密度也更高，每一次估價都是一筆負擔。

第二年後，或許是看在費用的份上，她穿上假腳的次數才開始變多。

假腳的鞋子是固定的軟布鞋，為了配合假腳上的軟布鞋，她的另一腳也只能穿上同款的軟布鞋。過去常穿的拖鞋、出遊時的皮鞋從此塵封，收進鞋櫃。

軟布鞋有三雙，是假腳的附贈品。每到大掃除，她便讓我拿出所有的軟布鞋，一次清洗，排成列，不分左右腳，曬在太陽底下，與一同清洗的桌椅等待晾乾。

穿上假腳前，要先套上絲襪。絲襪也是消耗品，照著腿的尺寸一次多買許多雙，為了拿取方便，都壓在她睡覺的草蓆下，體重充當熨斗，每雙襪子看起來都很平整。過去農忙，她習慣穿黑色的棉長褲，為了配合假腳，我替她剪去左邊褲管，沒用的褲管被我拿來做了束口袋。

軟布鞋、絲襪、單腳長褲，成為她房裡重複最多的必需品。

每日下床，她會先坐在床緣套好絲襪，將絲襪的尾端整理成束，把左腿放進假腳的塑膠桶中。接著挪動屁股，調整塑膠桶的位置，她的左側屁股有大半邊都需要一併塞進假腳中，才得以支撐。起身前，試著踩踏地板，以防假腳的膝蓋關節處卡榫錯置，突然僵直或彎曲，都會造成身體傾斜，跌倒。

她每回跌倒，就如孩子學步那樣，在手臂上撞出整片瘀青。但與孩子不同，孩子學步是為了走到更遠的地方；而她學步，只為了能自己上廁所、吃飯，生活不求他人。

學走路的前兩年，她幾乎不願意出門，只在房內按著爸爸給她的功課，穿脫假腳，當作不愧於這筆假腳的費用。爸爸買了電動車給她，鼓勵她能騎著車去市場散心，或是去橋頭買她拜神所需的用品。這招果然有用。她眼見供佛的香沒了，回房穿上假腳，帶上遮陽帽，驅車前往新埤橋頭。除了她自己，人與風景都是熟悉的，一回兩回後，逐漸習慣出門。雖然與過去騎著摩托車橫衝直撞不同，但至少近一點的地方，還能想去就去。

我們也安排了旅行，一日來回，雖然遊程不遠，但那是我們一家人從未有過的共同玩樂時間。我們載著她從屏東出發，堂哥們從中北部下來會合，最終會安排一個在布袋漁港聚餐的行程，再各自歸途。

第一次遊玩是去劍湖山，她從未與我們一同出門，有些興奮，在東山休息站看著商店裡琳瑯滿目的帽子，還一度以為這就是目的地。等真正到劍湖山，先行出發的哥哥早就在停車場睡了一覺。遊樂園的山坡路陡峭，工作人員派來園遊車將她載進園區，座位不多，沒坐上車的人只能徒步走，家人們因而分成兩路人馬。下山後，她不願再坐園遊車，我們便輪流替她推輪椅，抵達停車場時大夥都累得人仰馬翻。

有了這一次的經驗後，我們才開始注意遊玩地點的地形、無障礙設施，尋找下一回能適合帶她一同前去的地方。

成了推輪椅的人才知道，生活中有許多看似理所當然的設施，其實並不便利。就如能夠親子同樂的園區，腳下鋪滿瀝水砂石，能承載嬰幼兒的推車，不見得就能負重成人的輪椅。

帶她出門前，我們會先去探路一次，確定輪椅能行走的路線，以及方便上廁所的地方。她似乎深知自己的不便，總在與我們出門前，幾乎不碰流質和水。即使我反覆與她解釋，要她不用擔心，只要她想上廁所我都會陪她去。但保證，並無法換取她出外的安心。

上下車也是不方便的，爸爸換了台符合她高度和舒適度的休旅車，但她每回爬上車時，也還是不免會因為假腳卡榫，上下兩難。爸爸熟悉她假腳的「膝蓋」，知道敲擊哪個角度，就能讓膝蓋安分彎曲。

它是她身體新的部分，冰冷沒有溫度，卻逐漸影響了我們生活的速度、眼界的寬度。不只是她，我們都在重新學習與那隻假腳相處。

因為她行動不便，週末與她一同吃飯時會將飯菜都搬進房內，放在她床邊的四方桌上。有時人多，大家貼著肩，繞著四方桌的三個面。一面得完全留給她，她只需坐在籐椅上，轉過身就好。那時，她會卸下假腳，將它放在桌子底下，偶爾有人踢到腳，還會不由自主地喊聲抱歉。抬頭後才發現，並沒有人把腳伸到桌下，眾人便相視而笑。

她這時會說：彼是我的假腳矣。

叮嚀我們小心點，不要把它踢壞了，訂做很貴的。

她體力驟降那年，人又再度瘦了一大圈，可想而知，已經適應的假腳又不能穿了。但她這次並沒有重新控制體重，只是反覆用更厚的絲襪取代消瘦的皮肉，希望能就這樣應付過去。除夕祭祖時，她卸下往年主祭的身分，無力穿起假腳，只能坐在輪椅上將所剩的力氣全給了執在手心裡的香。在我們結束祭拜收香後，她獨自向神明祝禱庇佑一家平安，來年順利。

燒庫錢那天，法師問我是否有阿嬤生前常穿的鞋子，可以一併燒給她。我一時忘了那些在她還沒穿上假腳前的鞋子，被收去哪裡，還是早就被她丟了。直到結束儀式，一切圓滿後，我才在整理她遺物的那日發現，她鞋櫃中有包被布和塑膠袋多層包裹的袋子，裡頭都是她十多年前的鞋子。

布鞋、皮鞋、拖鞋，但我已沒有印象。

假腳如今被收在倉庫裡，沒有成為醫療廢棄物，也沒有當作遺物與她的身一同焚化，只是靜躺著，任由時間去落上灰。

阿嬤與魚日常

阿嬤這邊的魚全死了。

再過兩日就是阿嬤百日，爸爸傳來訊息，簡短說明了魚的死因。

阿嬤出生在漁村。娘家在屏東石光見，是人們所知因為養殖漁業而地層下陷的佳冬鄉；她就是在隨處可見魚塭、魚販的環境中長大。

有記憶來，阿嬤就是一個喜歡吃魚，很會吃魚的人。每日黃昏，販魚車一定會繞進三合院的稻埕。她是熟客，老闆知道她嘴挑，總會在保麗龍箱下藏著專門要給她的好魚。魚好不好，新不新鮮，她一眼便知，常常不按牌理要了其他保麗龍箱裡的魚。被看穿了，老闆也只能笑著賠罪，多送幾條。

豆豉蒸鯽魚，是電鍋裡最常燉的料裡。她喜歡挑刺多的魚吃，練就舌頭剔魚骨的本領。會不會吃魚，怎麼吃，怎麼料理，是她生活的一種哲學。

唯一難倒她烹魚技術的，是錦鯉。

阿公走後，剩她一人獨居，一場意外導致左腿以下截肢，行動不便讓她對於生活意興闌珊。我們號召家族旅遊，終於將她帶出了門。

其中一站，是雲林千巧谷。那裡有一條人工河，養著上百條錦鯉。她目不轉睛看著那些魚，嘴裡叨唸著的盡是各種魚的烹調方式。遊客眾多，我們聽得難掩尷尬，忙解釋那是不能吃的魚。她問為什麼，還誇張自己吃遍大江大海的魚，沒遇過不能吃的。我們只好改說，那魚不好吃。本以為她姑且信了，下一刻卻盤算著，嘟囔說薑絲可以去腥。

回程時，她又提到那一池子的魚。不再說想吃魚，是說，魚很美，從沒看過那麼漂亮的魚。說話時嘴角笑容久久不散。

我們開始為她尋找「很美」的魚。買不起大正三色、紅白、白寫這種正統的品種，只能用長得像的來代替。購置魚缸、過濾器材，養水數日，終於將魚場挑選而來的錦鯉放進缸裡。最大不過半個巴掌的長度。

從吃魚，迷上了養魚。阿嬤揣摩出一套自己的養魚哲學。

首先，魚要吃飯。她覺得一般魚飼料不營養，常偷拿自己的飯餵魚，水質惡化被發現時，還理直氣壯說她餵的飯是沒吃過的。魚要喝水。她總抱怨爸爸餵太少飼料，沒東西吃，魚只能喝水。她常叫我一臉盆一臉盆地往魚缸加水。

吃不飽至少還有水喝。這是阿嬤的理解。

魚要玩耍，她便用手載著飼料，讓魚在她的手心穿梭；魚要睡覺，她便跟著自己睡眠時間熄燈。

如此用心照顧，還是偶爾冒出玩笑，說她是要等那一缸錦鯉養大後殺來吃，屈指想著烹調方式。也抱怨，晚上魚睡不著時，拍動的水聲吵得她難以入眠。可當下一回氣溫驟降，水質劇變時，她又擔心了。

再一次去千巧谷時，她納悶自己的魚為什麼長不大。

魚缸太小。我們如此說。

阿嬤開始等著魚長大，等著等著，便記起了缸子裡的每一條魚。

有兩隻玉如意本是養在戶外蓮花缸裡的。她覺得魚在外頭太可憐，風吹雨打，便要我將魚撈到房內的魚缸裡。我跟她解釋，將戶外的魚撈到魚缸裡，會破壞水質。這風險太大，我不敢冒險。某個梅雨季過後，其中一尾玉如意死了。

阿嬤又叫我將剩下的那尾撈進屋裡的魚缸。

我沒有拒絕她的理由。

她總叫牠紅尾。說牠是所有魚裡頭，紅得最漂亮的。

挪到魚缸裡的紅尾跟錦鯉差不多大，沒過半年，錦鯉的身形追過紅尾；隨著日子漸增，錦鯉長成紅尾的一倍多。阿嬤以為紅尾搶食不利，才造成牠生長緩慢；每次餵料時，都會特別照顧紅尾，用手阻擋附近搶食的魚群，將飼料推到紅尾嘴邊。飼料在水裡不受控制，她撐著義肢，左手扶住魚缸上，右手往水的更深處探去。

不知第幾回跟阿嬤解釋，玉如意身長就是如此，她依舊對紅尾的「長不大」耿耿於懷。直到某個寒流，紅尾得病死去。

有一隻錦鯉不知何時開始歪嘴。

阿嬤說那隻魚吃太多石頭，把嘴磨壞了，於是叫牠歪嘴。

歪嘴在阿嬤看來是一隻貪吃又可憐的魚。為了吃，牠連沉在碎石縫裡的飼料都不放過，肚子餓時貪吃的嘴就會在石頭裡鑽啊鑽，把石頭磨碎吃下肚。而牠幾乎整日都在磨石子。

阿嬤說那麼會吃的魚，在小小的魚缸裡太可憐了。

大葩尾是一條金色的龍鯉。龍鯉的尾鰭特別大，搶飼料時，總是一副老神在在的模樣。阿嬤會替牠緊張，說牠是因為尾鰭太大片，才會如此慢吞吞，落於人後。

不然把尾鰭剪掉？我開玩笑說。

阿嬤訓我不懂事，說人家尾鰭長得好好的，那麼漂亮，哪有剪掉的道理。轉頭，又看著那片尾鰭皺眉。

不知道她獨自一人凝視了幾回，才能如此清晰地去細數每一條魚的日常。爸爸跟她討論過要在門前鑿水池，讓錦鯉們在池子裡優游長大。阿嬤回他，挖一個池子哪有那麼容易。

阿嬤走後，她所掛念的，我們盡量維持原狀，細心照料那一缸子的魚。彷彿這裡一如既往，從未改變。一切計劃都在進行中——設計水池、尋找石材……進行的從來都不只是一份約定，是為了證明她曾經存在過的記憶。

阿嬤在睡夢中離世，那缸魚，或許是真正陪著她迎向死亡當下的唯一記憶。

可常言總說魚只有三秒記憶……

得知魚的死訊時，想起阿嬤曾經問過：牠們會活到幾歲？幾十年吧。我這麼告訴她，又強調，如果養在池子裡會長得更大，活更久喔，搞不好比人還久。

那就挖水池吧。她說。

如今，那些曾被阿嬤惦記的魚也帶走了關於阿嬤的某些記憶。是悄然無聲的。就如同，生命的每一刻，都在流逝中悄悄改變。即使不願，可當時間摩娑而過，一切看似猶如既往，其實也不太一樣了。

散文〈阿嬷與魚的日常〉獲二〇二〇「吾愛吾家」散文類二獎

塚上新芽

春雷乍響之際，就是六堆客家人的掛紙。

掛紙是看日子的，通常落在年後，由大廟擲筊選定。該時節，庄裡人氣堪比春節熱鬧，大街小巷裡都是車龍和人潮。祭祖將離散在外的遊子們聚集在一塊，新面孔與舊面孔相互招呼，雖然不確定下次見面是何時，還認不認得彼此。

阿公對年，阿嬤以未亡人的身分領著兒、媳、孫子、孫女、曾孫到阿公長眠的祖墳祭祀。宗祠上掛有「潁川堂」的字樣，聽說潁川是地名，凡來自於潁川之地的先祖，都會掛上此堂號。然我們家算不上祖德遠流；慎終追遠也追不遠，祖牌上從十四世祖以後才有稱謂。沒有大戶人家夥房眾多的盛況，從阿公算下來，不過四代；還得是從阿公離世之後才算的。

「屋下个大柱轉忒（倒下了）矣……」她哀哀低鳴，直說有種傳聞，一家之主沒了，兒孫輩要多注意自身安全。

以為是種喪禮上的禁忌，我們無人敢過問。

詛咒彷彿如影隨形，那年某個風雨夜，她被戶外飛落的畚箕吵得無法安眠，起身查看時意外摔斷了腿；幾番折騰後，她失去了左腿以下。

隔年掛紙與合爐，她再也無法前行。

墓地與村庄比鄰而居，並不遙遠；可於她而言，那已然是另一個鏡中水月的世界。照映著人世，可更多的是浮光掠影的彼岸。

爸爸為了不讓她胡思亂想，派她料理和主持掛紙結束後，在祠堂裡的祭祖儀式。她總算有事可做；帶領著留下來沒去墓地的，未過門的孫媳，不同姓的未來孫婿們，指揮著剝蒜、洗蔥、燙肉、煎蛋……為潤餅備料。

潤餅皮是跟廟口菜車訂的，丸子和肉類餡料必須前晚就備好，才不至於在掛紙當日手忙腳亂；一些看著時節漲價的蔥蒜，得更早先備起來，免得成了菜販的盤仔。這些工作在她行動自如時，是由她一手發落的。現在由她的媳婦——我的母親負責。在她來來回回嫌棄兼指導下，於幾年後，母親的打理才漸有雛形。這是題外話了。

潤餅皮薄，為減少水分，青菜類的食材除洗淨之外，得晾曬少量的日頭，去除大多的水分才能入鍋翻炒。這是所有備料的最前置作業。孫媳來自越南，孫婿一個是麻豆閩南人，一個是高雄外省人；她自己是閩南女孩嫁作客家媳婦。在她的安排下，青菜該如何切、肉該如何炒，調味該如何下，都成了她認為的客家人的一種樣態。

正當她忙著捏塑「潁川堂」的傳統時，前往墓地的我們，還是不免藏著些許失落。

「應該讓阿嬤來的。」不知道是誰先說。

「太陽太大，阿嬤走過來不方便。」

「她有代步車。」

「那路太小，掉進水溝怎麼辦？」

話題結束時，僅剩兩代不過十人的子孫們各在墓地占著一角，沉默。

后土神位與墓碑對望，碑後駝著墓塚，墓手擁抱著不到兩坪的墓埕。除了執香祭拜當下，大家會很有默契移動腳步靠攏，大多時候，都是四散的。有人靠著墓手，有人挨著古老人的塚，有人索性為了躲炮仔鑽到隔壁的香蕉田裡……然後就會有人提出每年都重複好奇的——牌位上的某某某該如何尊稱？

大家彷彿都能各自安然，努力忽視掉墓塚上正發著芽的新土。

一年時間其實已經不新，但記憶裡阿公的模樣仍恍如昨日。

「等一下擺好牲禮，太陽不大的話再把阿嬤帶來。」不知道誰的聲音，打破沉默。

那次掛紙阿嬤最後還是沒去墓地，烈日被雲遮了大半後，轉眼就飄下細雨。眾人趕忙收拾，也顧不得酒巡完三圈沒，該燒的燒，該收的收，一切慌亂彷彿隨著焚燒上空的灰燼，都飄落在墓塚上，成了新芽上的落灰。

禾埕上已經曬了幾把芹菜、蔥、蒜，竹籃裡正滴著水的是高麗菜。她見我們一行人回來，湊上前，眼角掛著自信，說自己多厲害，連越南人、閩南人、外省人都被她訓練成客家人了。

收起回程時的失落，眾人笑諷她，「你自家（自己）也係河洛人矣。」她的笑，使我們心中的遺憾頓時釋懷。

她是否也與我們一同，將了然的傷心藏起來？或視為匆匆而過的痛？沒問過，不得而知。

此後，阿嬤帶著孫媳、孫婿們，還有未滿月的曾孫女留下顧家，成了往後多年的常態。

祠堂的祭祖結束後，接下來才是最耗人力的工程。

收起日頭下晾乾的蔥、蒜、芹菜，從切菜、切肉到搨好潤餅皮，通常就得花掉一個上午的時間。人手越多，代表要填飽的肚子也愈多，因此從來就沒有因為人手多而能提前結束工作。

過去，我不知道阿嬤都是買幾斤潤餅皮，配幾包糖粉、花生粉；她意外後，叫潤餅皮的工作落在我身上。她讓我叫七斤，我就去叫七斤，可從未考量七斤的潤餅皮，是多少分量。那是幾年後才漸漸摸索出的斤兩概念：姑姑帶著表哥們一起回來時，七斤不夠；反之，通常七斤是有餘的。但也有例外。有時鄰居或遠親來訪，七斤的皮會用得很拮据，總不能叫來訪的客人，皮用一張就好，省著點。

皮叫不夠，她會覺得沒面子。

我於是拿捏出一種模式：要叫就一次叫多一點，多餘的，就拿回家當蛋餅皮。前兩回還覺得這方法不錯，可每當皮被清空，反而導致她下一回叫皮時變本加厲。從七斤，上看九斤。到底要叫幾斤皮，成為掛紙前我和她的腦力激盪。

各自都有輸有贏，而她贏的次數多點。

從掛紙到端午的三個多月裡，我的冷凍庫裡常掉出不會解凍的、已經包好的、還未上煎鍋加熱的潤餅。煎過的潤餅確實別具風味，但我已經膩了用這樣的方式，去消耗多餘的潤餅皮，可隔年叫皮時，又是一次輪迴。

處理完皮的問題後，接下來還有一桌子的菜。

豬肉、香腸、貢丸會先下鍋，放涼後切成絲狀；蔥蒜、芹菜、蘿蔔等菜類清洗後瀝乾水分（這部分是先前留在家的孫媳跟孫婿們做的），爾後切成碎丁狀，起鍋前盡可能壓乾油漬。家裡養蛋雞，別人家的蛋是配菜，我們家的蛋是主食，總一斤起跳下鍋。煎至金黃酥脆是最完美的狀態，一樣切成條狀。

老舊的廚房空間不大。

她的媳婦我的母親成為掌廚的人，佔據灶頭到瓦斯爐的空間。結束完清洗工作的孫媳和孫婿會帶著砧板轉移戰場，在能坐滿十人的原木圓桌上甩動大刀。妹妹從碗櫥裡找出盡可能的最大的碗公，倒入糖粉跟花生粉，用湯匙壓碎結塊的糖粉，混合攪拌。弟從儲藏室拿出她冬日醃的高麗菜乾，準備一起燉排骨。高麗菜乾用筷子掏出，酸氣很足，誰經過就偷捏兩條塞嘴裡，所以本該兩瓶就夠，往往又回頭多拿了一瓶。

廚房容不下更多的人，其餘的人只能在戶外。

戶外有一道連接祠堂的屋簷。

爸爸和堂哥表哥們通常不參與備料工作，偶爾看著小孩玩BB槍，更多時候在高談闊論國家大事，要不就屈身在汽車底盤下，研究起汽車零件來。

這時，她又無事可做了。

我扛著由我負責計算斤兩的潤餅皮，尋到她身邊唯一的空桌，把皮甩在上頭。開飯前，還有一項準備工作要做：潤餅皮因為重量交疊，上下層不好分離；所以通常會找一個看起來「最閒」的人，負責將皮撕開，對折成四等分，再分量分等包進塑膠袋裡。

除了她，我就是那個看似最閒的人，放好凳仔，開始作業。

她就趴在桌緣，用一雙爬著皺紋卻明亮的眼直盯著我。看著我撕開潤餅皮的動作，嘲諷的笑容不假修飾，「無罅著毋？𠊎就講矣（不夠對不對？我就說啊）。」然後她會故意清點廚房裡、祠堂裡、稻埕上的眾人，數著數，揚起高音，足具挑釁，再說一次，「無罅喔，仰結煞喔（不夠喔，怎麼辦啊）？」

我翻起白眼，並非妥協，「好啦，𠊎下擺（我下次）叫十斤。」當然沒有下一次，因為每年的記憶總會重整，但她或許只會記得，趴在桌緣看著我撕麵皮的時候，默數到的兒孫人數，與上一回少了幾個。

終於等到料全備齊，她坐在主位，遞補上了阿公的位置。

備料的事再忙，都能合力完成，可包潤餅終究是個人的事——攤開的潤餅皮撒上糖粉，選擇自己中意的食材，仔細鋪好、排好，再撒一層糖粉，接著各憑本事將潤餅捲起。配料很多，廚房的圓桌擺不下，便加速祭祖巡酒的速度，收掉祠堂裡擺著牲禮的矮桌。

簡單，卻也繁瑣。

技術好的，能將潤餅捧在手心裡大快朵頤；技術不好的，也不落人後，一口皮，一口配菜，就當作是吃潤餅了。

逐漸習慣義肢後，她會將自己些微豐腴的身材，擠進我們當中。

大手小手在桌緣的小空間攤開潤餅皮，夾進菜類、肉類，鋪上糖粉，開始捲皮時，她就兩眼放光、緊迫盯人，指導著如何捲好所謂正港的客家潤餅。每年都要重學一次，學會了就挑戰包出更大的潤餅；但掛紙一年只有一天，一天的胃也就那麼大，能吃完自己包出的兩卷，已經不容易了。

她最常盯著我。

配料裡不是她所習慣的綠白顏色，而是突兀的紅蘿蔔。她想糾正我，我轉身溜得比她還快。許多年後她不再有體力鑽進我們當中下指導棋，便由我負責幫她包好，拿給她。她總說隨便包甚麼都好，僅一樣，不要紅蘿蔔。

又過幾年，關於阿公的事已經鮮少被人提起，只有在祠堂祭祖時，才會從她的嘴裡聽見。她喚阿公「老仔」，叮嚀著他要領阿爸阿姆叔伯歸來食酒食飯菜，然後默算到場的兒孫名。誰有來，誰讀書、做生意；誰沒來，去了哪裡、做了甚麼。都要先祖們庇佑。插完香，她巡視供品一輪，確定茶酒、粄仔、雞、豬、魚都就位後，接下來巡酒的工作就交給孫輩去做，她只負責計算巡酒次數。

她停留在宗祠裡最久的那年，是她大兒子病死異鄉。插上香後，仍有說不盡的話，看著眾神眾仙的像，又凝視著先祖牌位，蹣跚的步履在裊裊雲霧裡徘徊許久，又是那句「屋下个大柱轉忒矣（倒下了）……」不明白她這回說的又是哪根樑？大伯父長年不歸家，也稱不起是甚麼樑。

再過兩年，她體力驟降，也不再於我們去掛紙路上領著孫媳孫婿們忙碌，而是獨坐在籐椅上，看著已經習慣備料流程的他們，偶爾回神，訴說好久好久以前的當年。

聽說，她最常跟孫婿嘮叨起我，說我幼年脾性拗蠻，生起氣來就要天崩地裂。她和阿公因此被我砸了多次奶瓶，又將他們當時賣錢的蓮霧當玩具丟，可夜裡難以入睡時，阿公還是將我揹在背上繞著村走，當作搖籃。

不知她是念著我，還是想著阿公？

祠堂的祭祀工作交接到爸爸手裡，誰負責巡酒，巡了幾遍的酒，她已經不去數；潤餅皮叫了幾斤？大概五斤、大概六斤，也可能是八斤……於她而言，沒有太大的差別。

咬合退化，牙撕不開潤餅皮，當然也就不會去講究我有沒有包好。

握著只吃兩口就吃不下的潤餅，像是錄音機最後一回的倒帶和複誦：「你阿公以前做下愛（都要）吃兩卷喔，佢當愛食（他很愛吃），食潤餅時節愛傍（配）酸菜排骨湯，佢就會食更多。」

隔年家裡沒掛紙，跟阿嬤的入金一起做了。

入金那天，禮儀師在墓碑前擺上祭品；有掛紙時的蔥蒜和草仔粿、端午粽、中元芋粄、中秋的甜粄、鹹粄、紅粄……把一年該吃的粄仔，一次拜透了。禮儀師和師傅領著我們跪拜，叮囑主家，今年接下來的節日都不用再過了。聽說這是對年內的習俗，待明年開春，辦過合爐法會後，才能恢復往常。

入金後，還有三朝。

巧的是，二朝和滿朝與庄裡大廟看掛紙的時程重疊；加上適逢疫情，許多人就著廟裡算出的日子，選擇提前或延後來避開祭祀人群。因此，做三朝禮的那幾個禮拜六，墓地都有三三兩兩從外地回鄉祭祀的遊子。祭拜完，燃點炮竹，如同往年。

他們正進行著一年一次，如約如常的掛紙。

墓埕擺著蓮花，等待燒化，墓塚上打滿紅色爆竹的紙屑，喧鬧後歸於寧靜。

我知道，滿朝結束後，便再也沒有靠近她的理由。不能額外祭祀，不能過節，思念她的儀式被斷絕，只能等待下一次掛紙，再細數她塚上的新芽。

幾年後，是否又會有人從餐桌上離席，或又有新的人加入？然後，便又是一年掛紙。無法預料。我想現在能做的，是來年春雷前，應該要好好估算一下，該叫多少斤的皮了。

其實四斤應該有餘了。

離開前，最後一眼凝望她長眠的塚，土塊翻新，還來不及長新芽。

頓時明白了她說的那句，「屋下个大柱轉忒矣（倒下了）……」

心裡正有個聳天的大樑傾頹，很沉很重，縱使春秋更迭，我仍無法接住它的持續落下——

作者按：客家族群的堂號與其遷徙的源流祖籍有關。有一說，認為潁川是指流域，故有堂號使用「潁川堂」；亦有認為潁是指流域耕作或族群生活之地，故使用「穎川堂」。而「潁」為「穎」之異體字，亦有使用「頴川堂」的說法。

行路

阿嬤是閩南女孩，有時會用閩南語說「行路」，表示走路；而她又做了一甲子的客家媳婦，也會用客家話說「行路」，一樣是走路的意思。她從不界定自己是甚麼樣的人，也或許是她還來不及去界定。

她的左腳穿了義肢十年。但不論是早就被切除、當作醫療廢棄物處理的壞死的腳，還是義肢，都沒能放進靈柩中與她一起焚化。停靈時，特別找來了大體化妝師替她量身訂做一隻環保、可焚化的假腳。

願以有形代替無形，完整她的大體。

置放大體的冰櫃就擺放在神明廳的右側，神像用塊紅簾遮擋，作為神與靈的界線。丈量那晚是我守靈，也是入殮前一晚。大體被移出冰櫃，正吹著電風扇軟化，準備隔日的儀式。化妝師一前一後走進堂內，揭開罩在她四周的梵文簾，挪開電風扇，開始在她的左下肢丈量起來。

原本的義肢因為有金屬和塑膠，是不能焚化的，而今要替她訂做的是木製的腳。

化妝師已經先製作好膝蓋以下的模型，但為了接上與右腳相等的長度，她又拿出木條，比劃右腳跟左腳的落差，截出一段木條，用紗布將木條與模型纏繞在一起，包裹住整個大腿。

裙襬放下，便與常人無異，但也不會有人知道，她這隻新做的假腳走起來會不會習慣。

出殯那日，我們依照舊俗徒步跟在她的靈柩後，直到村口。法師跟家屬說，要告知亡靈即將啟程的方向。爸爸走在前頭，俯身趴在她的棺蓋上，告訴她，這是三民路，是她走了一輩子的路，現在我們要陪伴她走完這段路，讓她安心跟著走。

我恍然想起，三民路不只是她走了一輩子的路，也是她此生歸根之處。

村子只有兩條主要的路。二八年華時她嫁來鏡庄，與阿公落腳於三民路上，一甲子的日出而作日落而息、生兒育女都在這條路上，從未離去。

家裡務農，早年需要曬穀時，門口庭延伸出去到整條馬路都是曝曬的廣場。她會坐在樹下，搧著用檳榔葉剪成的扇子，顧著烈日下的一片金黃。西北雨突然下起時，便呼喊左鄰右舍幫忙收拾稻穀。冬日時，廣場披晾起高麗菜，便會見到一塊塊方形的菜乾連接在一起，那是一戶一家過冬的存糧。

三民路廣場的變化，按著四季的模樣存放在她的記憶裡。她不識字，也聽不懂國語，但總會知道門牌上的「三民路」的字長甚麼樣子，怎麼唸。

小時候跟她去診所掛號，填寫基本資料時，她會用客語唸給護士小姐聽，流暢地背出地址來。小姐聽不懂客語，轉頭問我，我寫出地址，她看見「三民路」的筆劃時，誇我學會寫字了。後來，診所的手寫檔案改成電子輸入，她便隔著電腦螢幕唸給護士小姐聽，有時重複數次，小姐聽不懂，又眼神求助我，我替她翻譯，直到輸入正確。到戶政或公所時，又是一套背誦流程，總跟在她身後的我，也因此在很小的時候便記起自家地址。

她最常背誦地址的對象是神明。神明不會有輸入錯誤或聽不懂的情況，她總在祝禱前先告知神明自己從哪來、是誰。村裡人口不多，但每條路的路口都會有一個將軍營和土地公，年節時她都會到每一座神像前報上自家地址。祭祖時，也會叮嚀祖先們要回來哪裡享用供品；祭祀完後，她會將鞭炮放在路邊，等待酒過三巡點燃，完成儀式。鞭炮散落在路口，被下一場風帶走。

在柏油路還未鋪設之前，三民路的兩側分別有條水溝；夏天雨季來臨時，水溝裡的水會滿溢至兩旁的房舍。雨季剛過，水未退去，溝渠便成為小孩遊樂的場所。溝渠邊上是一群大人，拿著自家板凳坐在陰涼處聊天說地，經過的車輛通常是村裡人，不是鐵馬就是摩托車後拖著犁仔卡，速度不快。

水溝改建後，三民路上的過路車變多了，馬路不再是門口庭的延伸，而成為年節時的臨時停車場。但即使不再曬穀跟醃菜，她仍會坐在靠近馬路的水溝上，看著進出三民路的車。

三民路彷彿被她守衛著，往來的人車、更迭的建物，都被她牢牢記著。

晚年行動不便，無法再跟著同村人坐遊覽車，便只能搭著我們的車一同出遊。車上導航設定著「回家」的路徑，每進到村口，導航便會指示：接著進入三民路……她聽見關鍵的字，就像見我幼年時寫出地址那樣，稱讚起導航聰明，竟然知道三民路到了。我跟她說，地圖在螢幕上，只要輸入要去的地方，導航都會知道。她順著我手指的方向，瞇著眼看往螢幕，很納悶為何螢幕上的三民路長成細細的一條線，與她所見有別。很難與她說明地圖上的三民路為什麼和她記憶中的不同，但或許她所認為的三民路也與我們理解的不同。

她是一個急性子的人。駕著電動車的那幾年，也是一出門口，便將電動車的車速從「烏龜」調到「兔子」，在大家還未準備就緒時，她已經走了一半的路程。我們跟在後頭，喊她慢點，但她自認熟悉整條路的路況和岔路，甚至知道路上的哪戶人家去了哪裡、做了甚麼，又怎麼可能放慢速度。

最後一趟行禮的路，她依舊走在眾人的前頭，只不過這回，我們沒有由著她的性子，而是跟著禮車緩慢步行。想著前一日剛裝好的假腳，應能讓她如過往一般，行動自如吧。

儀式結束後，我們將她的骨灰帶回，就如她曾與神明和祖先說的那樣，我們也告訴她，要回來三民路這裡。

不知道她回來沒？

還在路上的我們只能繼續前行，朝著生命的彼端，如她來到三民路那年，走著，就到了盡頭。

散文〈行路〉獲二〇二二「吾愛吾家」散文類佳作

後記

恆河沙數的妳，皆如妳

好呦，自製花生粉第四次失敗！

看著成堆失敗的花生粉發呆，不知道還能用甚麼方式補救這堆，既不是粉，又介於花生醬成形前的濕顆粒狀態。上次混合麥芽糖做成了貢糖，不然這次就索性打成花生醬吧？說做就做。按下調理機果醬的按鈕，看著顆粒狀的花生在高速運轉中，逐漸碾出花生油，最後變成理想的花生醬狀態。還好食材沒有浪費掉。能進行補救的失敗料理還是幸運的，但有更多是進了垃圾桶。

妳也知道，我是一個廚藝不佳的人，不喜廚房裡的悶熱，以及鍋碗瓢盆清潔時的磨擦聲。但自妳離開後，記憶中與妳有關的氣味太強烈，促使我往廚房靠近，試圖在醬醋中感受妳。

一開始，我只是在逼仄的空間徘徊，不知拾起哪副鍋碗恰當，甚至不沾鍋只能用海綿清潔也一無所知。鍋熱才能下油，為免油汁噴濺，得避免水氣。簡單的步驟，我摸索一個夏天。ＦＢ的首頁漸漸被下意識追蹤的美食粉絲頁佔據，不經意就會刷出新的教學和頁面。看著網紅的配方比例，我重新步入廚房，不戰而敗後又倒掉幾回糊得焦黑的食材。深感自己的廚藝不只不佳，簡直無可救藥。如果不碰火，先從簡單的醃漬開始呢？

我思索著妳過去跟隨歲月而走的腳步。

妳是一個傳統的客家媳婦，歲月以年節的模樣被妳記錄著，無須提醒。初一、十五是妳跨越歲月的最小步伐，再來是每個需要祭祖的節日，最後是送老年迎新年。

日子在一盤盤鮮花素果和節慶美食中度過，記憶也在歲月中逐漸成形。

即使我們認為那是不可理喻的堅持。

春節必然大魚大肉，除夕年菜要能吃到開工，案桌上是一斤粉半斤糖比例的甜粿，最後還要有夠肥的三層肉的封肉當壓軸。開春掛紙時，一定要七斤潤餅皮起跳，餡料擺滿桌，看上去才豐派。端午不稱端午，是肉粽節，所以身為主角的肉粽，不只要能平均分配給神祖牌上的先祖們，也要塞滿冰箱，吃到立秋。七月拜好兄弟時用的是芋粿巧，碾米、製作粉漿塊就要一夜；削芋頭也是大工程，滿身粉漿搞不清是芋頭還是糯米。冬至後要做高麗菜酸菜、醬蘿蔔這些醃漬，藏於陰暗處，等待來年掛紙時開封。

接著又是新的一年。

每個年節，妳總是把自己搞得很忙很累，在不得不吆喝幫手的情況下引來子孫埋怨。妳始終不曾放慢過，只是不明所以持續進行著那些傳統與度日節奏，等待日昇月落、春來秋去。

截肢那年，所有傳統與節奏瞬間妥協。

少數能堅持的是封肉，但不再用傳統烘爐，不再點炭火，改用瓦斯爐。掛紙還是七斤皮，可妳不再跟我們一同去墓地，祭拜的牲禮在妳沒心思檢查時，被我們逐年減少。端午的粽除了姑姑拿回來的一揹（一串）外，不夠的便去附近市場買來湊數。七月沒有芋粿巧，我甚至忘了妳製作芋粿巧的米篩和蒸籠放去哪了。冬日酸菜不再如約而至，真的有製作的那些年，是等我假日睡飽，甘願去曝曬生菜，妳才有幫手。

一開始，覺得年節過得輕鬆許多，可以追上減糖、減油、減鹽的健康生活；但一併減量的還有熟悉的氣味。妳離世隔年，廚房不再有油煙味，久未使用的櫥櫃、檯面積著一層灰，連同從空氣中落下的還有妳曾經的堅持。

沒妳催促，時間空蕩得讓人惶恐。

全球疫情高燒的整年，時間失去作用，沒有人能準確衡量明日到來的模樣。好幾次既定的行程被打為泡沫，空下來的時間和體力無處消磨。空間的移動變得緩慢，此地到彼地的人忽而離開軌道，難以如期而至。也是這一年，我發現一直以來所認知的春去秋來的說法，原來是被矯正過的時間。

真正的時間，沒有長度也沒有寬度，只有不斷累積的記憶。

我想起了妳度日的方式，不懂字，卻能對每一個年節進行標註。該拜的神、該做的粿、該醃的菜，都掌握得恰如其分。我疑惑，妳身後所承載的那些如沙數般的記憶，來自於多遙遠的世代？又經過多少人事，才能累積出如此難以撼動的厚度？

為了在被打亂時程的日子中找回步調，也或許是思念妳，我開始學習妳曾經製作過的年節料理。

醃高麗菜是我最熟悉的。

曝曬、去生、揉搓、裝罐。可就這幾個步驟，硬是用了兩個多月才完成。突然想起來，妳每次加鹽去生時，都是用嘴測試鹹度，可說是毫無比例原則。最精準的比例，就是妳自己。所幸，我醃成功了。用了最土法煉鋼的方法，一瓶一瓶測試，再一瓶一瓶開封。

醃漬看來是入門級的，於是我又挑戰了醬蘿蔔。

妳稱呼那是「loˇped」，客語音似中文的「落魄」，閩南語發音更是。我找不到相關食譜。落魄的食譜？困擾我數日，才終於找到它真正被使用的稱呼。總之，有了食譜和比例，怎麼說也該比醃高麗菜順利吧？但事情總是不如人意，找不出是陽光因素，還是空氣，或是我自己。妳曾告誡，女孩子生理期時不可碰醬菜，我已經特意避開了。不知原因為何，總之櫥櫃中已擺放著六七瓶，看似失敗，又不夠成功的loˇped，且還在增加。

過了冬日，依照妳的節奏來說，應該是做甜粿的季節。

我有先見之明，知道自己可能失敗數次，便在年前一個月開始研究甜粿的食譜。網路上的文字解說、YouTube的影片示範都顯示了這是一道簡單的祭拜甜點。但也不知是不是過去味蕾被妳養刁了，用糯米粉製作而成的甜粿，粉味依然太重。可能還是要用糯米磨漿製作。印象裡，從磨米廠領回的米漿會先壓著石頭，米漿順著布緣流出，在夜裡滴滴答答瀝出所剩水分，過夜後，才剩下紮實的粉漿塊。

所幸，現在磨米不用再送專門的磨米廠，或用石磨人力轉動，只要放進調理機，一鍵搞定。雖然磨成米漿比過去容易，但成型的粉漿塊該放多少比例的糖，如何將糖化進粿粹中，蒸煮的訣竅是甚麼……網路食譜漫天飛，味道還在記憶中，卻復刻不出原來的模樣。求助爸爸，他僅憑著更幼年時期的片段，用味蕾去試出彼此差異。甜粿最後做得也不算成功，雖然與市場上的模樣雷同，但依舊無法與妳做出的甜粿重疊。

啊，沒有用大灶啦。這是爸爸的結論。

甜粿結束後，我試著做紅龜粿。

紅龜粿的教學法更多樣，步驟更複雜，包含裡頭紅豆內餡的比例、甜度、麵團收合方法都有人分享。我做足功課，從紅豆如何煮成軟爛的泥狀，去殼，加入多少糖，水分熬乾到成團。粿皮的作法跟甜粿類似，打成米漿後再壓成粉漿塊，取部分粉漿塊放入滾水煮成粿切，最後將粉漿塊、粿切、色素混合揉成團。最後分成小塊，包進紅豆團。動作行雲流水，一氣呵成，但這只是在腦中模擬的模樣。

真正上場後，米漿攪打不順，噴濺到水龍頭上，花了好一段時間清洗。壓好的粉漿塊倒出紗布時滾落地板，碎成數塊，只能眼不見為淨，當作沒這回事。收拾回來的粉漿塊混入食用色素和油，在慌亂中逐漸成團。終於能開始包紅豆餡時，我已經成了滿身粉漿的模樣，像極當初妳在廚房裡打轉了整個下午的樣子。

恍惚間，似乎看見了妳。

妳滿頭大汗，濕漉漉的蒸氣罩在頭頂，衣衫浸潤在汗中，手扠腰，漲紅著臉與我們對峙。

妳第一次不做粿、不醃菜，是阿公離世那年。妳說，阿公還沒對年，家裡不乾淨，不能過節。等到隔年，妳左腳意外跌傷截肢，穿上義肢重新站起來後又是下一個隔年，只能勉強扶著桌緣在廚房進行小範圍的移動。

不能如以往那樣準備豐沛的菜餚祭神，也無法親自做粿祭祖，讓妳生活頓失重心。最常看見妳做的事，不再是細數年節，而是仰躺在床上，雙眼漫無目的盯著天花板，絮語著：「老的仔，你行去陀位（哪裡）矣？我足心悶你（我很想你）。」語畢，只剩隱隱的啜泣聲。

那是阿公走後妳最常說的話——心悶。就如日日夜夜都將思念的心，悶在被褥裡，縱然悶熱難耐，卻又捨不得掀起。

思念，是妳重新度日的節奏。

即使前行的路上，許多思念，無處安放。

再隔年，妳能比較自如地行走在廚房裡時，妳想起上一回醃的蘿蔔失敗了，白色黴菌迅速在瓶身蔓延。起初，妳只是先挖去上層長黴的蘿蔔，想著下層還能再食用；我立刻打斷妳這樣的想法，提出再重新做一甕吧。這次我來幫妳。妳應聲，將瓶子裡的蘿蔔挖出倒掉，重新洗滌瓶身，放置陽光下晾曬。

年節到時，我亦邀妳做粿，但妳這次沒那麼爽快答應了。

彼攏是（那都是）妳阿公去碾米的。妳說。

此刻我才拼湊出模糊的記憶，妳在廚房裡滿頭油煙、滿身粉漿的身影後，替妳扛回粉漿的人是阿公。接著妳又說，腳不能彎，身體無法施力，當然也就不能揉麵團了。我遲疑著，要不要說乾脆我來揉呢？可在我沙盤演練後，想著未來妳如果都叫我負責揉麵團，那不是找事做？轉念想，這是不是改變妳長久以來，總將年節搞得繁複累人的一個契機呢？我暗自慶幸著。

從那之後，妳果然不再親自做粿。

祭祀需要的三牲和粿開始由附近市場的攤販取代，數量逐年遞減。再過幾年，重新醃好的蘿蔔又發霉了，妳沒讓人去扔掉、重洗瓶身。曾經能夠輕鬆推進的時間，與發霉的蘿蔔一起封在了醬缸裡，如同妳將思念與漫漫人生悶往心的深處，不開啟，不說，也不去看。

似乎如此，被思念劃開的刀口，就會在時間中模糊，直到癒合。

連簡單的醃高麗菜也不做後，妳花了更長的時間坐在門口，躺在籐椅上，看著偶爾來往的人車，不發一語。我告訴妳過些日子就是送老年了，妳只是應聲，沒有任何表示。

沒醃菜的那年春天，妳離開了。

遵循禮俗，我們也是整整一年沒有過節，不做粿、不醃菜，反正也沒人會。緊接著疫情來到第二年，時間繼續在斷裂與錯置中推進。會議時間、課程安排、工作進展都可能一瞬間脫離軌道，被封存在某個隔離的空間。

我想起了妳過去細數歲月的方式——

曬高麗菜時，等著日頭升起、落下，便是一天。等待蘿蔔發酵時，光陰在瓶身中穿梭、停滯，便是一季。蒸甜粿時，時間在倒數計時器中發出聲響，揭蓋，猶如當初。

時間布滿在每個角落，

浩瀚無際，

繁星無盡，

恆河沙數，

偏偏，妳遇見了我，

而那麼剛好，我也遇見了妳，阿嬤。

國家圖書館出版品預行編目資料

恆河沙數的我和她 / 陳凱琳著. -- 初版. -- 臺北市：
蓋亞文化有限公司, 2023.09
面；　公分. -- (島語文學；7)

ISBN 978-986-319-930-4(平裝)

863.55　　112011422

島語文學 007

恆河沙數的我和她

作　　者　陳凱琳
插畫設計　Bianco Tsai
編　　輯　沈育如
總 編 輯　沈育如
發 行 人　陳常智
出 版 社　蓋亞文化有限公司
地址：台北市 103 承德路二段 75 巷 35 號 1 樓
電話：02-2558-5438　傳真：02-2558-5439
電子信箱：gaea@gaeabooks.com.tw
投稿信箱：editor@gaeabooks.com.tw
郵撥帳號 19769541　戶名：蓋亞文化有限公司
法律顧問　宇達經貿法律事務所
總 經 銷　聯合發行股份有限公司
地址：新北市新店區寶橋路二三五巷六弄六號二樓
電話：02-2917-8022　傳真：02-2915-6275
港澳地區　一代匯集
地址：九龍旺角塘尾道 64 號龍駒企業大廈 10 樓 B&D 室
電話：+852-2783-8102　傳真：+852-2396-0050
初版一刷　2023 年 09 月
定　　價　新台幣 320 元
Published and printed in Taiwan

ISBN 978-986-319-930-4

本書獲 財團法人國家文化藝術基金會 National Culture and Arts Foundation NCAF 創作補助

GAEA

Gaea